ミロラド・パヴィッチ
MILORAD PAVIĆ

三谷恵子 訳
KEIKO MITANI TRANS.

十六の夢の物語

M・パヴィッチ幻想短編集

松籟社

Milorad PAVIĆ : "Bahus i leopard"
"Akseanosilas"
"Ruski hrt"
"Ikona koja kija"
"Zavesa"
"Čuvar vetrova"
"Doručak"
"Večera u Dubrovniku"
"Blato"
"Princ Ferdinand čita Puškina"
"Dopis časopisu koji objavljuje snove"
"Plava džamija"
"Izvrnuta rukavica"
"Varšavski ugao"
"Suviše dobro urađen posao"
"Konji svetoga Marka ili roman o Troji"

目次

十六の夢の物語

バッコスとヒョウ

一九七〇年のある夜、わたしは、ベオグラードの通りに面したわが家のベッドで眠りについた。家族も一緒だった。でもふと目を覚ますと、たった一人、人気《ひとけ》のないひんやりした部屋で、肉屋にあるような大きなテーブルに向かって座っていた。テーブル台は粗板で、わたしは見たこともない着ふるしの服を着ている。一九八〇年製だ。テーブルの上には散らばった卵の殻とブリキの皿、そのまわりには夕食の食べこぼしが落ちていた。皿はきっと、ついさっきわたしが、パンの最後の一切れできれいに拭きとったものにちがいない、パンがどこにも見当たらないのだから。油汚れのついた鍵もあったが、これはわたしがフォーク代わりに使ったものだ。コガネムシもいた。こいつの光を明かりに、わたしはよれよれの粗悪な紙になにか書いていたはずだ。グラスの中のさび色をした赤ワインをインクにして、これに羽根ペンを浸して。

しんとした静けさが続いたが、しばらくして真夜中になると、ふいに、小石だか小さな土塊《つちくれ》だかが、わたしの腕のわきの皿にカチャンとぶつかる音が聞こえた。それでわたしは一人ではないことに気づき、そしてそのおかげで、同時にいきなり後ろから頭にかぶせられた毛布を——それで小石がきっと落ちたのだろう——かろうじてのけることができた。でもその時にはもう、正体不明の誰かのむき出しの手が目の前に迫っていた。あきらかにわたしを締め殺そうとしている。逃れようと最後の力を振り絞って、迫りくるむき出しの手にめいっぱい嚙みつき、わたしはその一嚙みで大声をあげようとした。

その指をすんでのところで嚙み切るというところで、わたしは目を覚ました。指はブランカのもので、彼女はもう長いこと、わたしを起こそうとしていた。わたしが寝ながら泣いていたからだ。ブランカに夢の話をし、そして二人で暗闇の中に横たわったまま、笑った。けれどもわたしの首と片腕はまだ痛んでいて、夢のせいで耳に涙があふれていた。ほんとうのところ、自分にはまったく心当たりのない、けれどもわが身をなきものにしようという強い意図をもった誰かがいるということに気づいて、わたしは愕然としていた。こんな思いは、夢のせいだとわかってはいても、生々しく強烈で、夢の世界のこととは思えなかった。その夜のわたしは、まるでふるいのようだった、人生のありたけの時間をばらばらにしてふるい落として、あとにはただ恐れと痛み、悪夢、そして死だけを底に残すふるいだ。どういうことなんだろう、わたしは問い続けた。あれは誰だったのだろう？　いったい誰だったんだ?

わたしの目はしぜんと、部屋の中でただ一か所明るくなっているところに向いた。それは、壁にかけてある大きな肖像画で、そこだけが月光に照らされて光っていた。絵は、わたしがワルシャワから一九六七年に持ち帰って、ずっと部屋の壁にかけていたものだ。描かれているのは、紅《くれない》色の頬をしてかつらをかぶり、いかにも多血質らしく、血を浴びたように赤いシャツを着ている人物だった。両手は額縁の中から部屋のほうへと差し出されている。けれどもその夜の彼は、月明かりの中で、ふだんとは全然違って見えた。頬はチョークのように真っ白で、本人も青白くこわばり、人を幻にさそうような指先は、一七二四年の時からまっすぐわたしに指し向けられていた。黒みがかった赤いガウンを腕にかけた姿は、月明かりによく映えていた。ブランカにそのことを話し、やがて眠りに落ちたが、その直前にこの人は何者だろう、という思いが頭をよぎった。

数週間して、わたしは友人と仕事のために、ドナウ下流の小さな町を出発点に、景観がすばらしく、行き交う車もない道を旅していた。アスファルトで舗装された道は、今にももう一度脱皮しようというヘビのように蛇行している。これは、かつてのローマ街道の脱け殻だ。道の上手、つまり出発点に近いほうは(これにぴったり平行して下手へ向かう道が走っていた)ローマ時代の要塞であるガムジグラードのわきを通っていた。わたしたちはせっかくだからと、寄り道をしてモザイクを見に行き、そのあと、木造の小屋に立ち寄った。そこには発掘の道具や、モザイク画の破片などが置かれていた。中の壁には、つい最近礎石から発掘されたという大きな、保存状態のとてもよいモザイク画が立てかけられていた。モザイク画には、バッコスと翼をもったヒョウが描かれている。ヒョウは入念に、心をこめて刻まれていて、頭の上には不思議な光の輪のようなものも見えたが、バッコスに片足で首根っこを押さえつけられていた。きっと、吠えていたに違いない。いっぽう、モザイク画のバッコスの威圧的な姿は、制作者――もしかしたらスラヴ人の熟練工で奴隷、ひょっとしたらキリスト教徒だったかもしれない――が、主人をモデルにしたものだろう。その主人は、きっと、帝国北部のこの辺一帯と要塞を統治していたローマ帝国の役人だ。

　車で旅をさらに進める間、わたしは足を組んで曲げたまま、思いをめぐらせた――自分たちが生まれたこのドナウ下流の地域の厳しい自然のことや、先祖伝来の追放の宿命、それに、自分たちがどうして何世紀ものあいだ、もっとずっと気候が良く、自然の中の暮らしがすてきで、きっとはるかに快適である南の海岸部に移住する決断をしなかったのだろう、などといったことに。あるいはまた、中世の王朝は、ローマやビザンチウムの皇族がそうしたように、地中海のどこかに都を置くべきだったのに、とも思った。この地に罰として駐屯するよう派遣されたローマ帝国の役人たちは、退屈のあまり吐き気をもよおし、ふきすさぶ風の中に閉じ込められ、孤独と野蛮なスラヴ人たち、それにシンギドゥヌム〔古代ローマの要塞、現在のベオグラード〕の冬に囲まれて自らの命を絶ったのだ。

　ザイェチャルで夕食をとっているとき、わたしたちのところに見知らぬ男性が近づいてきた。腕にレインコートをかけ、わたしの道連れのほうに挨拶してきた。どうやら、道連れとベオグラード大学で一九四九年から一九五五年の間いっしょに医学を勉強したらしく、今はザイェチャルの病院の外科主任を務めていた。奥さんは文学部の教授で、彼も一時は今の仕事をやめて、市立劇場の支配人の職に転身しようと本気で考えたのだと話した。これはすんでのところで思いとどまったものの、一年のこの時期、とくに、きまった時間間隔をおいて強風が吹くこの時期になると、そのことを思いだすのですよ、とも。

話している間、わたしは彼の顔をとくと眺めた。一目《ひとめ》みたときからはっきりと、彼の顔と、あのヒョウを押さえつけていたバッコスの、力みなぎる紅の頬をした顔が似ていることに気がついた。けれども、それだけではなかった。彼がそれではごきげんよう、といって手をわたしに差し伸べたとき、彼とバッコスが、なんとも不思議なぐあいにわたしの部屋にある、わたしに指を突きつけていた肖像画の人物を思い起こさせたのだ。

わたしはパニックになりかけ、彼がわたしたちのテーブルから離れていったときには、おもわずほっとしたほどだった。そのすぐ後、レストランから出ようとしたわたしたちに、頭の禿げた、雑色の目をした男が声をかけてきた。残りわずかの髪を耳のうしろにかけ、顎髭を胴着のボタンに留めている。咳き込んで話しかけるそのようすから、男が今去ったばかりの外科局長とわたしを取り違えていることは明らかだった。やがて男は黙りこんだ。人違いしたことに気がついたのだ。それからわたしたちが、外科の先生はもう行ってしまいましたよと言うと、目的の相手を探そうと去っていった。けれどもこの出来事でわたしの同伴者は、わたしが外科医とよく似ていることに気づき、うん、たしかに人違いするな、と言った。

こういうわけで、一連の出来事に説明がついたわけだ。帰りの車の中でわたしは考えた――いったいどうしてはるばるここまで、ドナウの下流の、自分が一度も来たこともない土地に、何百キロも車で旅して来たのか、なぜ自分と部屋の肖像画の人物の似ていることを発見することになったのか。こっそりとわたしは手袋をとって、目の前に持ってきた。そこにははっきりと、嚙みついた傷跡が見えた。あの夜の悪夢のあと、わたしは、あの毛布の男は誰だったのか、殺人者は誰なのかと自問した。そして思いもかけなかった、けれど明らかな答えを見つけた――あれはわたしだったのだ。そしてあの肖像画の多血質の男もわたしなのだ、あの額縁の中からわたしに指を突きつけていた男は。けれどもわからないことも残った。それは、たった今気がついたことだ。ではわたしの机で書きものをしていたのは誰だったのか、わたしが殺したいと思った男は誰だったのか。あのヒョウはいったい何者だ？

この本は、この問いに答えをみつけようという試みなのです。

(Бахус и леопард / Bahus i leopard)

アクセアノシラス

一.

よく知られているように、セルビアのジチャ修道院には、正式な名称とあだ名がある。「ジチャ」という正式な名称は、ある夜、稲妻がその場所の上空に*ЖИЧА*（ジチャ）と文字を刻んだことに由来し、いっぽうあだ名の「七つの扉」（セドモロヴラタ）のほうは、修道院に七つの扉が作られたことから来ていた。この修道院では、一一九六年にステファン初代冠王が戴冠式を行ない、それ以来七人のセルビアの王がこれにならって戴冠し、その戴冠式のたびに新しい扉が作られた。のちには、ジチャ修道院の七つの扉になぞらえて、ベオグラードに七つのゲートが作られることになった。

さて時は過ぎ、理由は忘れられて、今世紀のはじめにビザンチン学者で美術史家のフランス人が、これはいったいどういうわけだったのだろうと興味を持った。その彼に、ジチャの修道女は、次のように説明したのだった。

――扉は名前なのですよ。新しい統治者が、古い統治者よりも傲慢だったから戴冠式のときに前王と同じ門から入りたがらなかった、だから新しい門が作られた、などと考えてはいけません。そんな考え方は、ここの王たちには無縁のものでした。王たちはただ、古い習慣のとおりに先人たちを真似していただけなんです。つまり死者を、生きている者たちが使う扉から運び出してはいけない、という慣習ですよ。だから昔の家では、死者のためにかならず新しい扉を作ったでしょう？

――それはそうです。でも今は、死者を運び出す話ではなく、入場と戴冠の話をしているんですけど――フランス人はそう言った。

――それは、どちら側から見るかによりますね。

修道女たちは答えた。

――教会を家と考えて、戴冠式をおごそかな儀式と見なせば、おっしゃるとおりでしょう。けれど、物事をひっくりかえして見てごらんなさい。この世を家におきかえて、教会を宇宙だと思うのですよ。そうすると、教会の内の戴冠式は、外の世界から家の中に入ることではなく、家から出立して宇宙に出ていくことを意味します、おわかりでしょうか？　もし戴冠を、栄誉を授かることではなく、自分の家、つまりは現世に別れをつげ、この世の名前を捨てて、新しい王としての名に変えることだと考えたら、昔の王たちが信じていたことに近い線をいっているでしょう。王たちは、扉を新しく作りながら、戴冠によって自分の世俗の人生が終わる、と感じていたのですから――。

たしかに専門家の意見では、現代の宇宙飛行士もみな、宇宙に出ていくとき、地球を包む磁場に自分の「穴」を残していくという。

何にせよ、今もジチャ修道院には、いにしえの木の扉の跡がある。ただその数をいくつと定めるのは難しかった。なぜなら、外側の扉の数と、内側から数えた扉の数が一致しないからだ。これは、ネマニッチ朝の一人が、自分専用の扉を作らなかったことによるものだった。

伝えられるところでは、その王がそうしたのは、謙虚だったからではなく、それどころか自負心のためだったらしい。戴冠式の日、ほかの王の作った扉から入ろうと心に決めてジチャに来た王は、まず、かつて父親がそこを通って中に入った扉の鍵を開けた。けれども中は、土の床と壁に囲まれた修道院の僧房になっていて、そこから戴冠式の行われる祭壇に行くことはできなかった。そこでお付きの者たちと一緒に後戻りして、次の入り口、祖父が作らせた扉の錠前を開けるよう命じることになった。けれどもそこからは、水浸しの地下へと続く階段に行きつくだけだった。そこでもう一度戻り、三つ目の扉、彼の曾祖父がはるか昔に作った三番目の扉に挑むはめになった。だが、その門の先にはただ、はてしなく長い廊下とそのどん詰まりに光る井戸、それにもう一つ別の、鍵のかかった扉があるばかり。王となるべき人物は、その南京錠を壊してしまえと命じ、それから、新王の登場を今か今かと待っている大勢の人々がいる正面玄関のところに戻ろうと、向かい風をうけながら扉を開けた。

そしてお付きの者たちと、また出発点に帰ろうとした。でも、できなかった。自分たちがどこにいるのかわからなくなったのだ。風は、馬より強い馬力で吹きつけ、壁はどんどん高くなり、窓はどんどん小さくなった。どこにもない出口をめざして王一行はぐるぐる、ぐるぐると歩き回りはじめた。そして——王たちは永遠に、ぐるぐる歩き回っているという話が、今も信じられている。

それ以来、戴冠しなかったネマニッチ朝の人物の事件は、極秘情報として守られた。その名は、忘れてはならないが、書いても読んでもならないもので、この秘密を保守する特務を遂行するためのポストが設けられた。それは二人の鍵番と、二人の人質だった。

ジチャの七つの扉には、それぞれ専属の鍵番がいて、職を引き継ぎ、世代から世代へと、誓いといっしょに鍵を跡継ぎに引き渡していった——たしかに、よく考えてみれば、古い家にはたいてい、何の鍵だったか誰も覚えていない鍵が見つかるものだ——。いっぽう、戴冠しそこねて、その名が帝国の機密事項となった件《くだん》のネマニッチには、自分自身の扉こそなかったものの、ほかの王たちと同じように専属の鍵番がいた。鍵番は、扉の代わりに王の名を守るのが使命となった。彼らは、じっさいとても厚く信頼されており、彼らだけが知る王の名は、存在しない扉の鍵の代わりに、若い後継者に引き継がれた。そして、王座が交代するごとに、ほんとうに、その名は代々の王の鍵の仲間入りをしていった。もちろん君主の名は、国家の事情によりけっして公表されることはなかったわけだが。

こんな次第で、秘密保持の規制はとても厳しかった。鍵番たちは、必要なものしか聞こえないようにと、耳輪《イヤリング》の代わりに、リンリン音をたてる耳鈴《イヤベル》を耳につけ、封印された君主の名を口にしないようにと、舌に指輪を乗せていた。こうして、イバル川と同じくらい重い王の名が託されたのだった。彼らは、鞭をくつわがわりにして馬をあやつり、背に回した右肘を左手でつかんで腕組みする人々だった。何百年もの間、父親たちは子供を叱るときいつも、そのうち耳鈴《イヤベル》をつけた連中がおまえをさらいに来るぞ、と言った。あの、ペストみたいに嫌われている連中が、おまえの舌に指輪を乗っけて、イバル川と同じくらい重い名前を守るように言いつけるんだ。その名のせいで、眠りも記憶も消え失せてしまうが、それでも風からロウソクの火を守るみたいに、生きている限り、その名を守らなくてはならないんだぞ。忘れても、書いても、それから、もしも不幸なことに、たまたま書かれてしまったときには、読んでもならない名前をだ――。

だからこの、鍵番にして秘密の名前の護衛係には、かならず読み書きのできない者が選ばれ、その人々は、そのままでありつづけなくてはならなかった。彼らは指で数を覚え、文字のかわりに魚獲りの網を使って取り決めをかわした。舌は指輪で封印されていたので、名を口に出す心配はなく、読み書きができなかったので、書いて人に伝えることもありえなかった。それでも当局は、禁じられた名が書き留められることを、口伝えで暴露されることよりはるかに恐れた。名を書き留める者は、帝国の安全保障に対する重大な犯罪者と見なされたし、また不幸にも誤って書かれた名前を読んでしまった者は、書いた犯人の第一共犯者とされ、主犯と同罪、同じ罰に値すると定められた。そして、名前が書かれたり、また誤って書かれてしまったものが読まれて世間に広がったりすることを防ぐために、封印された名のことを知らない二人の人質が、二人の鍵番に対応して用意された。一人はおもに、同時代の者たちが、書くことも読むことも許されない名前を書いたり読んだりしないことを保証するため、もう一人は先々においても、こうしたことが起こらないよう保証するためだった。

二

　ジチャに残された数々の伝説の一つによると、一三七九年頃、学識があることで知られた、イェフティミイェ・スパンという修道士がいた。修道院でクルミとチーズを食べて生きていたが、「スパン」〔ギリシャ語の σπανός スパノスに由来する古セルビア語で、「顎髭のない」の意味〕という名前でわかるとおり、顎髭がなかったので、修道院に住むことは許されなかった。かわりに修道院の外壁にくっつけて建て増しされた、倉庫と旅籠《はたご》を兼ねた建物の隣にある僧房に住んでいた。スパンのような修道士はたいてい、性別がないとみなされて、そういった修道士にはとくべつなあだ名がつけられた。じっさいこの修道士にも「オナオ」Onaoというあだ名があったが、これは、三人称代名詞の男性形「彼」（on）、女性形「彼女」（ona）、中性形「それ」（ono）の三つを合成したものだった。オナオはイコン画を描いて生計をたてていたが、絵具には唾をまぜた土を使った。動物や植物に由来するものを使いたくなかったからだ。

　イエス様だって、花や動物とではなく、人間と一体になりたいと思われていたなら、こうしたでしょう――スパンはそう言って自分のイコンの制作方法を説明した――だったら私たちにも、イエス様の自然界と、植物や家畜をまぜこぜにしてよい権利があるはずはないでしょう?

スパンは聖書の写本を作り、典礼用の歌を作曲し、時間の不可逆性について自著の中で論じた。彼の考えるところでは、結果から原因へと時の流れを後戻りするすべはないのだった、なんといっても、完璧なものをより不完全な形へと戻すことはできないのだから。けれども、あらゆる証拠は結果から原因へと通じる道におかれているわけだから、つまりはこの世で証明できることは何もない。オナオはこう結論づけていた。オナオには、恐れるべき人も出来事もなかった。冬の寒さも夏の日照りも怖くなかった。ただ一日のうちのある特定の時間だけが恐ろしかった——夜が光を浴びる時、夜が明ける時が。

ある日の礼拝のあとのこと、オナオことスパンは旅籠の前に座り、犬の背中にはだしの足をつっこんで暖をとりながら、遠くに見える机連山の山並みを眺めていた。かなたに見える山々の、凹凸をみせて連なる頂きに一日の異なる時間が映っているさまを目にしたとき、後ろの部屋で奇妙な物音が聞こえた。大きな机をいくつも引きずったり、木のベンチを動かして並べ変えたりして、それが壁や床をこすっている、そんな様子がドアの向こうから聞こえた。スパン＝オナオは立ち上がり、ドアを開け、そしてびっくり仰天した。彼の目の前には、幅が三キュビト〔長さの単位。一キュビトは一・五フィート、約四四センチメートル〕、長さはそれよりもっと短い、特注しても大きさの合うドアなど作れないかと思うばかりの、ちんまりした部屋があった。真ん中に椅子があるほかはからっぽで、部屋全体がクモの巣で覆いつくされている。そのクモの巣の上に、悪魔が腰掛けていた。悪魔の姿を見たとたん、修道士は、あのことわざを思い出した――前に尻尾をぶら下げてるやつがいたら、それはサタンだ。スパンは顔を天にむけて唾を吐いたが、何も助けにはならなかった。悪魔は立ち上がると彼に手をのばして捕まえ、花嫁を新婚の部屋に招くように部屋へと引き入れ、ボタンを外した。それからチャクシヤ〔男性用のズボン状の衣服〕から巨大な毛むくじゃらの尻尾を引っぱりだし、まずオナオの裸の体をめいっぱい鞭打った。それから彼の耳をおさえつけ、同じ尻尾で種つけして、熱に浮かされた彼を床に放置したまま姿を消した。犬が、倒れているスパンを見つけ、なめて彼の目を覚まさせた。

翌日の夜明け前、耳鈴《イヤベル》をつけた人たちが僧房に入ってきたので、修道士は死ぬほど震え上がった。――もう知っているのか?――パニックにおちいって彼は内心そう叫んだ。きっと、悪魔がこの私に何をしたか、どこかで聞きつけたに違いない、そう思うと体が震えて、僧衣につけた鍵がガチャガチャ鳴った。

彼は中庭に引き出されていったが、その間ずっと雨が目と口に降り注ぎ、風は衣服を引き裂かんばかりだった。それから細長い部屋に連れ込まれたが、その長さはといえば、片方の端でなにかささやいても、もう一方の端にたどりつくまでに言葉がどこかへ消えてしまうほどだった。部屋の長い向きに合わせて同じように長いテーブルが置かれ、上には魚と果物を盛った大皿が並んでおり、テーブルには二人の男がついていた。二人とも口から舌を垂らし、連れてこられた男をまばたきもせずに見ていた。彼らの前のテーブルの上には、シャツが広げられ、シャツの上には赤い革で装丁した冊子が置かれている。

――王の秘密はしっかり守ることです――スパンを連れてきた耳鈴《イヤベル》の男たちがいなくなると、テーブルの二人のうちの一人が言った。それから修道士に、彼の任務について説明した。あの、封印された王の名は口に出さなかった。それは国家の最高機密として守らなくてはならず、言うのも書くのも許されなかったからだ。そのかわり、彼らは言った――王はあの門の事件が起こる前に、それはすばらしい詩を作ったんですよ、聞けばかならず涙で視力がなくなるような傑作をね。王室は長いこと黙っていたが、ついにその沈黙を破って、この最高の、比類ない詩を民衆に広く知らしめようと決めたわけです。

――でも、この私にその詩をどうしろというのですか。イェフティミイェ・スパンは尋ねた――この私といえば、鳥が頭に落し物をしていってもありがたいと思い、幸運にもパンに接吻できることがあるなら、それはパンが食卓から転がり落ちたときだけだし。詩も書きますが、うまく書けるのはロウソクの芯が油に浸されて炎がアロマをたてているときだけです。

――だからこそ、あなたが必要なんですよ。件《くだん》の王は私たちにわかる言葉で書いたわけじゃない。あなたは詩人で、言葉で何でも好きなことができるが、できることを全部するわけじゃない。それはみんな知ってます。あなたの仕事は、王の詩を訳すことだ。

そして二人は立ち上がり、赤い革で装丁された冊子に一礼して、イェフティミイェ・スパンに差し出した。

――この中に、これまで誰も一度も読んだことのない詩が書かれている。これをみんなにわかる言葉に訳すのです。持ってお帰りなさい。ただ、言うまでもないことだが言っておきましょう、あなたが寝ているときも、私たちの目は起きて見ていますよ。わかっています、あなたはこの先いったいどうなるかと怖がっている。過去の不幸とこれまでの敵のことを考えているんでしょう。でも大丈夫。これから先、これまでよりもっと大きな新しい不幸が待ち構えているのは確実ですから、ご安心を。もう、どんな不測の不幸に不意打ちをくらうかと、夢にうなされることもありませんよ。

話が済むと二人は彼に、出ていってよろしいと言った。修道士は赤い革表紙の冊子を手にしたまま、背中で、ご主人様は毎週、仕事の進捗状況を調べますからね、という言葉を聞いた。スパンは、耳鈴《イヤベル》をつけた人たちに連行されて建物から出たが、心は嬉しさのあまり酩酊状態で、耳鈴《イヤベル》ももう恐ろしくなかった。つまりこの人たちは、悪魔のことは知らなかったんだ！　火炙《ひあぶ》りの刑から逃れたばかりか、最大の信頼を得たじゃないか……。

自分の僧房に戻ると、アロマキャンドルをともして、赤い革表紙の冊子を包んでいたシャツを取りのけた。冊子をテーブルの上に置き、それから別の本を開いて読み始めた。それは、身投げする前の準備だった。スパンにはわかっていたのだ――どうやって第一歩を踏み出すかで、そのあとの人生が決まる、インクにまたペンを浸すチャンスがあるかどうかが、決まるんだ。

夜のなか、アロマキャンドルの上では炎が渦をまき、水がゴボゴボ音を立てた。やがて炎の重さを感じ、命の感覚である五感がほぐれてくるのがわかると、彼は赤い革表紙の冊子を開いた。翻訳にとりかかる覚悟はできた。けれども、冊子の中には何も書かれていなかった。一枚また一枚と、親指と人差し指で紙をはさんで調べ、そんなバカな、と思いながら、こんどは一枚一枚、人差し指と親指で調べてもみた。それでも何も見つからなかった。冊子の中身は全くからっぽで、ただの一語もそこには書かれていなかったのだった。

日曜日の夜、真夜中を少し過ぎた頃、耳鈴《イヤベル》の人たちがまた彼を連れにきた。彼は本館に連れていかれ、あの長いテーブルの置かれた広間に導かれた。そこには前と同じように二人の男がいて、仕事は捗《はかど》っていますかと尋ねた。彼は、ええと答えながら、眠れぬ夜毎《ごと》にギュッと丸めては縮こめていた自分のつま先を見つめた。そこには、十ある爪に映った十の顔があった。青ざめて怖気づいた顔。それから帰っていいと言われたが、連中がほんとうのことを知っているのかどうかは、わからなかった。

スパンは僧房に戻ったが、耳の中ではずっと鈴が響いていた。まるで自分の耳にも鈴がついているかのようだった。腰掛けてからペンをまず口に浸し、それからインクに浸して書き始めた、翻訳するはずだった詩を。はじめに昔の君主が使っていた言葉で書き、それから、原作になるべく忠実に、今の人々がわかる言葉で訳していく。仕事の進み具合はノロノロで、スパンは戦々恐々だった。心の中ではこう説明していた――すべての存在は、それぞれが世界の中心なんだ。消えては生まれ、というか、実体を失っては現れるのが中心……だから誰がこの詩を書いたかはどうでもいいことだ、彼だろうが私だろうが……。

それでも恐怖はいや増した。テーブルにいた二人の男が冊子を開くだけで十分だ、私のごまかしはすぐにばれる。スパンは、もうワラをもつかむ思いだった……。

ある日、できたものを見たいと指示された彼は、手稿をかき集めて長いテーブルのある部屋に持っていった。そこでこう話した――仕事はまだ始まったばかりでございまして。この作品を制するには、そうとうな労力と、おそろしいほどの粘り強い、日々の不屈の作業が必要なものですから――。

テーブルの男たちは彼を一瞥すると言った――あなたは書いたすべてもの、あらゆる文字、語、行を残しておかなくてはいけません。歯や、手の爪を残しておくようにね。残しておくべきものも、そうでないものも、書いたものはすべてとっておいて、仕事が終わったあかつきには、何もかも、私たちに差し出さなくてはいけません。ただの一語も無くしてはならない。声それ自体が神聖なものだとしたら、その残響もまた重要なのですから。とくに、子孫の手に何も渡らないように、注意する必要があります。なぜなら、子孫らを当てにすべきではないからです。彼らを信用してはいけません、だいたいは悪党か人殺しになるのですから。彼らの助けは得られません。彼らは、燃えている火のように遠ざけるべきものです。あなたにはいずれわかるでしょう……。

彼は仕事の期日を言い渡されてから、帰っていいと言われた。

時間が過ぎ、指定された日が近づいたが、スパンは何もしなかった。終わりまでやりとおしもせず、始めたものは頭の中にあったが、紙に移しもしなかった。あの赤い革表紙の冊子を開いてみれば、彼の仕事が冊子の中の作品にまったく合っていないことはすぐにわかってしまうからだ。何しろ冊子のほうは、紙に書かれる言葉を使っておらず、いっぽう彼のほうはともかくも、書かれる言葉を使っていたのだ。この差は一目瞭然だった。

彼は頭がおかしくなりはじめ、期日の前夜には、衣服のあちこちの部分がそれぞれに修道院の前の風景を表しているように見えた。ベルトはイバル川、ボタン穴は川の源泉、僧衣は机連山、そしてその衣を着たスパンは、内に燃える炎を抱えた大地だった。悪魔に種付けされた大地……。

夜明け前に夜明けを告げてしまう雄鶏をきまって始末する時刻になると、例の耳鈴《イヤベル》の人々がスパンを連れに来た。赤い革表紙の冊子と、それから書きつけたあらゆる紙を持ってくるようにと言う。本館に着くと、テーブルにいた二人の男のうちの一人が、スパンから赤表紙の冊子を受け取り、シャツで包んだ。書きつけの紙のほうはもう一人が取って、何が書かれているかを確認もせずに、ぐるぐる巻きにするとロウで封印した。革表紙の冊子の中身の翻訳も公開もありえない、彼らはスパンにそっけなく言って、耳鈴《イヤベル》の人々に合図した。彼らはスパンを部屋から連れ出し、こんどは法廷に連れて行った。そこには別の二人の男が座っていた。

——おまえに、人質の刑を言い渡す。法廷の二人は修道士にこう言った——人は誰でも、王室の秘密を明かしたがる。遅かれ早かれいつの日か、誰かが、ここにいる字の読めない二人だけに託された秘密の名をあばき、公にして、つまりは大逆の罪を犯そうとするだろう。だからそんなことが起こらないように、私たちはいつも二人の人質を取ってきた。一人は今日の世代用、もう一人は将来の世代用だ。人質たちの命は、けっして秘密が明かされないための担保となるのだ。今からおまえはその、もう一人となる。

——けれどどうやったら私が、おっしゃったような、生まれてもいない誰かに秘密を守らせる担保になれるのですか。

——それは私たちには関係ない——裁判官は答え、それからイェフティミイェ・スパンの処刑を命じた。スパンは最後の夜を僧房に閉じ込もって過ごし、いつの日か禁じられた名を書き記す者、そのために自分が死ななければならない男のことを考えた。男の顔が見えたような気がして、夜の間に彼は、自分の処刑の元凶となる犯人のイコン画を描いた。五〇代で中背の、恐怖で冷え切った青い目をした男。鼻先は口髭の中に届かんばかりにとがり、鼻孔は猛禽のよう、だが顎髭は貧弱だ。男はまるで、へんなパンを食べ過ぎて具合が悪くなったようだった。夜明け前に、スパンは同じ板の裏側に、共犯者になる人物、主犯が書いた名前を読んでしまう者の顔も描いた。

朝になると、彼は修道院の前に連れ出された。足で逆さ吊りにされ、このために、唾は目へ、尿は腸へと流れ出た。人々は彼の頭の下に桶を置いて脇腹を槍で突き、血が桶にたまってその血で彼が窒息するのを待った。刑が執行されたとき、見物人全員の前で、警告として判決文が読まれた。

——いつの日か、禁制にもかかわらず、紙に書いてはいけない名前を書いてしまう者がこの世に生まれてくること、また、読んではならない決まりがあるにもかかわらずそれを読んでしまう者が現れることは間違いない。よってイェフティミイェ・スパンの死は法律により正当とされる。なぜなら、彼はいつか必ず起こる大罪に対する人質だからだ。

三

一九七九年、この文章を書いている私は、ジチャで奇妙なイコン画を見つけた。聖人のものでもなく、ほかのイコンやフレスコ画と一緒にされてもいない。そのイコン画のわきに立って、人生の最後の夜にこれを描いたイェフティィミイェ・スパンの話を聞いた。それに、代々ひそかに伝えられた、誰も知らないネマニッチ家の一員の、禁じられた名の話も聞いた。

興味をそそられた私は、それをぜんぶ書き留めて、そのネマニッチのことを文献で探しはじめた。あらゆる資料をくまなく調べ、大きな図書館や文書館を残らずあたったが、無駄だった。その名はどんな辞書にも百科事典にも含まれておらず、ネマニッチ家のどんな系譜図にも記されていなかった。書かれた歴史もない。私は調べつくし、そしてついに思い至った、この名前は、今はじめて書き留められたのだと。そしてようやく、自分のしたことに気づいた。その名を書き留めた私は、イェフティィミイェ・スパンを殺した張本人だったのだ。時の流れをさかのぼって根本にたどりつくことができるただ一つのもの、それは犯罪だ。というのもこの時の流れでは、結果のあとに原因が現れるのだから。まさしく、末孫世代の私の罪が、この流れをさかのぼって、犠牲者たる六世紀前のイェフティィミイェ・スパンに被せられたのだった。私は彼の死の、遥か昔に予見された犯人だった。けれどこの犯罪には、共犯者もいる。それは**あなた**だ。スパンのイコン画の裏側に描かれた人物、この物語のタイトルにあるアクセアノシラス Аксеаносилас という禁断の名を、もうすでに読んでしまった**あなた**なのだ。

（Аксеаносилас / Akseanosilas）

ロシアン・ハウンド

今私がこれを書いている紙の上には、一八九八年製の懐中目覚まし時計が置かれている。二重底の下段が嗅ぎタバコ入れになっていて、ずっと昔に埋葬された人の服のポケットのように、今も生きて時を刻んでいる。私の父方の曾祖父であるステヴァン・ミハイロヴィッチ博士は、この時計で残された寿命を測っていたのだった。それにしても、妻に去られた男、そして引退した判事として一九二二年にソンボルでこの世を去った状況がそうとうに不可解だったので、曾祖父の娘である祖母たちも、そしてまた家族ぐるみでつきあいのあったソンボルのラロシェヴィッチ家の人々も、ソンボルの礼拝堂が午後に影を落とすところに曾祖父が埋葬されている、などということは一度も私に話さなかった。たまたまそのことを知って、そうとは知るよしもなく、何度も妻や子供たちと、曾祖父が眠る墓の傍らを通り過ぎたのだと気づいた私は、事の次第を明らかにしようと心に決めた。

そしてわかったのが、次のようなことだった。

ステヴァン・ミハイロヴィッチ博士が生きていた頃のソンボルでは、まだ宝石が闇取り引きされ、娘たちは髪を売り、町ではブラシ職人が人の毛髪でブラシを作っていた。曾祖父はそういったブラシの中から、黒、赤、黄色、白など色とりどりの顎髭と口髭でつくられたものを選んで買った。そうして朝には、自分の波打つ髪を他人の髪で梳《くしけず》りながら、鏡に写った自分に向かって満足げに笑みを浮べながらこう言うのだった——

「おまえの夢の中に、あくびをする男が出てきたら気をつけることだ！　その男が現れるまでは、おまえは安泰だからな」

曾祖父は、自分の顔に惚れ込んでいたそうで、先が角《つの》のように二つに分かれた顎髭と、白髪の生えたツバメが鼻の下に落ちてはりついたような口髭をたくわえていた。顔色は青白く、こめかみが盛り上がっていて、ロウソクで明かりをともすと、こめかみで物を見ることができた。女性たちは彼のことをいつも、手遅れになってから、つまり、たいていは彼がもう冷めてしまうころに好きになるのだった。めったにお目にかかれないような人物と一目《いちもく》置かれており、その手はすばらしい彫像のようで、そのことはステッキの上に投げ出された手袋からも見て取ることができた。美しい指をピアノの鍵盤の上に舞わせながら、同時にピアノの上で曾祖母とチェスに興じることもできた。鹿の角製のスプーンで食事をとり、葉巻の煙を自分のポケットの中に吹き込むのが得意で、毎日昼を過ぎると、カフェに行って、時間の止まる時が訪れるのを待った。というのも、時間にはとくに、午後のカフェで止まる習慣があるからだった。それから、レストランが混みはじめる頃になると、家に帰って犬にえさをやって、散歩に連れ出した。一方の隅では音が聞こえず、残りの三方の角ではこだまが聞こえるという自分の大きな部屋の真ん中で愛犬の前に立つと、感じるのだった——どうも、棚の上に並んでいる本の主人公たちよりも、だんだん年寄りになっていくようだ。

愛犬家だったが、自分から狩りに出ることはなく、二度目の結婚、つまり私の曾祖母との結婚生活を送っている間は、犬は飼わなかった。その曾祖母はといえば、ある日、タンスから衣類を全部引っ張りだして洗濯し、しずかに鼻歌を歌いながらそれらにアイロンをかけて、錠前と窓の修理を言いつけ、銀器と祖父のブーツと靴をのこらず磨き上げるよう命じて、肘掛け椅子のカバーをはがし、陶製のボタンに縁飾りをつけた。そしてベッドのシーツを交換し、夫のためにレモン風味の豚肉入りチョルバを作り、夫が裁判所に出かけるときにいつもするようにキスをして、離婚した。子供を連れて、実家に戻ったのだった。曾祖父は、独り身になるとすぐに、口に含んだワインで花に水やりをし、犬を飼った。移民と一緒に連れてこられたウクライナ産のロシアン・ハウンドだった。犬は、耳が結べるほど長く、とうもろこしの穂のようにとがった頭をしていて、後足の間の尻尾ときては、付け根のあたりが腕ほども太く、プロペラの役割を果たしていた。そのハウンドがまだ仔犬でミルクと魚を食べていた頃に（母犬を育てたのはウクライナの農婦たちだったという）曾祖父は、ペトログラードのどこかの出版社が出したロシアン・ハウンドの育て方についての本を買い求めた。そこには、この犬の簡単な歴史が書かれてあった。

ロシアン・ハウンドは、そのほかのハウンド犬と同じように、エチオピアンウルフの血を引く種で、一七世紀には、確かな資料に言及されている。「ペルチン」と「ヴォロンツォフ」という二つの有名な血統があり、狩猟に適するが、ただし馬を使った狩猟に限る。なぜなら、時速八〇キロの速さで走るので、狩りではウサギを追い越してしまうからである。その賢さと抜きんでた機敏さのために、「ボルゾイ」（brzi＝早い）ともよばれ、鹿や山羊など俊足の動物の狩りに利用される。ロシアの貴族階級では、昔からこのハウンド犬をいつも六四頭飼っていることがよしとされていた。そのため、余りが出ると処分に出され、不足すると必ずどこかに余った犬を処分したいと思っている家がないか尋ねて、そこから譲り受けることになっていた。ロシアン・ハウンドは売り買いするものではなかったのだ。売買の対象にするなど恥さらしのきわみで、つまりは、貰い受けるか、でなければ持っていないかの、どちらかしかなかった。血のしたたる肉が好きなのは狼に似ていて、犬種で唯一、仔犬を引き裂くことさえする。強くて長い顎をもち、しかも上顎のほうが下顎より「年長」であり、畢竟《ひっきょう》、モノを食べるときには、前足の間に頭をもぐらせて、口に入れたものを舌の上ではなく口蓋の上にのせて食べることになる。骨を粉みじんにするほどの歯をもち、毒蛇に噛まれた人の血を吸いだしても、自分はまったく毒にあたらずにすむ。一説によると、ロシアン・ハウンドはときとして石化する（「すくみ」の技）が、その石になったハウンド犬も、やはりハウンド犬に似ていて、けれども、風のそよぎでまた別の姿になることもありえた。ロシアン・ハウンドは、調教することもできないし、忠犬になることもないが、狼狩りのために特別に訓練することはできた。このハンティングは、昔からたいへん好まれたもので、なかなか手の込んだものだった。この手のハンティングでは、いつもオス二頭とメス一頭の三頭がひと組になり、そのさいその三頭は同じ色柄にする。つまり三頭とも白いか、どれも牛のようなブチで、その色合いは硫黄から黄色がかったものでなくてはならなかった。ハウンド犬は、ノコギリのように鋭い胸をしていて、そのためハンティングの前には胸毛を剃って、狩りの邪魔にならないようにする必要があった。オスの目はいくらか血走っているが、メスの目は澄んでいて白い。三頭ひと組のハウンド犬は放たれるとすぐ、追いかける獲物を選ぶ。首輪の色でかんたんに、何頭の狼が追われているのかを見分けることができた。なぜなら、獲物の数ごとに決まった色があったからだ。三頭が混同される心配はなかった。ロシアン・ハウンドは、番犬には向かない。ほとんど吠え声をあげず、ひとたび吠えると殺されてしまうからだ。というのも、声があまりにも大きく、銃声の届くかぎりの範囲の人々を脅してしまうためである。走っている最中にとつぜん向きを変えるので、骨を折るとしたら、たいてい肩の骨だった。巣穴から子供の狼が飛び出したら、これを追うのはメスだった。けれど、大人の狼を襲うのはオスの二匹だ。まず獲物を群から切り離す。狼は、最初から逃げ切れないと悟っている。ハウンド犬が、直進する狼の周りをぐるぐる回りながら走っているからだ。このアンフェアな対決で、犬たちはすぐに狼にぴたりと追いつく。狼のほうは、おそろしさと無力感でいっぱいだ。犬たちは狼を追いつめ、それぞれの側から狼の耳の後ろに食いつく。ちょうど、メス狼が子供の狼を運ぶ時にくわえる首の後ろのところだ。ハウンド犬たちは狼を噛まないので、狼は痛みを感じない。それどころか、なつかしい記憶を呼び起こされ、苦もなく地面に倒されるのだった。そこでオス犬たちは狼をおさえつけ、メスを待つ。メスの方は、オス犬たちが任務を果たす時までじっと待機している。メスのハウンド犬はオスより賢く、人間より頭の回転が速い。メスは、周りの者より早く現在を未来へと変える、これは明らかだ。メスはあっという間に狼の喉笛をくわえるが、やはり噛みはせずに猟師を待つ。それから、決定的瞬間が訪れる。猟師が獲物を吟味し、そしてもし狼がごくありきたりで「その影を月光が横切る」ようなものだったらすぐに合図し、メス犬が狼の喉笛を噛み切る。けれども狼が並々ならぬ生き物で、「その影でグラスをひっくり返す」ことができるようなら、猟師は狼を縛って生け捕りにし、家に連れて帰る。そして若いハウンド犬が、先々ハウンド犬としての生涯を送るためのトレーニングの相手となるのだ……。

ミハイロヴィッチ博士のアパートメントにも、ロシアン・ハウンドの繁殖所から一匹の仔犬が連れてこられた。博士が指に長い間はめていた二個の指輪を外してすぐ後のことだった。曾祖父は、懐中時計の竜頭《りゅうず》を巻いて冬用シャツのポケットにしまい、仔犬を自分の脇に座らせた。犬は時計がコツコツいう音に、母親の心臓の音を聞くように聞き耳をたて、繁殖所の群れから離されたことも苦にしなかった。毎朝、犬が博士を起こすと、博士はその日の最初のタバコの煙越しに、まだ小さいメス犬が口をとじたままクンクンクンと匂いを嗅ぎ、そのさい舌が顎の中で動く様子を、毛並みをとおして眺めた。じっさいハウンド犬は、舌にも嗅覚がある。ほかの犬たちはハウンド犬を嫌い、仲間づきあいをしようとはしなかった。けれども、ミハイロヴィッチ博士は「ただの犬でもなければ、猟犬でも、牧羊犬でもなし……」ということわざを呟《つぶや》きながら、たしかに、犬とハウンド犬はまったく別の生き物だと考えるだけだった。博士のハウンド犬は、ふつうの犬よりずっと体温が高く、雪の上でもかまわず眠り、眠ったところには冬でも草が生えた。病人といっしょに肘掛け椅子に座らせれば、リューマチを治すこともできるという。高くジャンプできて、それはロシア人が言うには、日没の前に飛び上がり、日が沈んでから着地するというほどだった。ハウンド犬の目と毛並みからは、天気の変化も予測できた。ミハイロヴィッチ博士は冗談に、うちの子はソンボル随一《ずいいち》のフリルのついたパンティをつけているんですよ、と話した。

ごらんなさい、口の中で泣くこともできるんです。友人たちに、彼の愛犬がどんなあくびをするかを見せながらこう言うのがお気に入りだったが、犬といっしょにハンティングに出ることはできなかった。というのも、一九二〇年代のユーゴスラヴィアでは、ロシアン・ハウンドを使った狩猟が禁止されていたからだ。これはそのまま今日に至っている。理由は簡単で、中央ヨーロッパではロシアン・ハウンドより早く走る動物がいなかったからだ。銃など必要ない、ハウンド犬を放つだけで、何でものぞみの獲物が獲れてしまったのだから。

*

曾祖父のハウンド犬が成長し、なんでも噛み砕いて粉にする永久歯が生えはじめ、自分の乳歯をぜんぶ食べてしまった頃、オイゲン・ドージャという人物が博士である曾祖父に接触してきた。この男のことはそれまでに聞いたことがなかったが、ある日、一本のパイプがいきなり送られてきて、曾祖父はすぐに、密かな取引の申し出だと察した。何も言わずに彼はパイプを送り主に送り返し、申し出は無視した。けれどもこのことは彼の気持ちを揺さぶった。好奇心の耳が育ちはじめ、ミハイロヴィッチ博士は自分がしでかしそうなことに恐れをなして、誘惑から逃れるため旅に出ることにした。その夜のうちに御者を雇い、馬車の前にランタンをつけると、生まれてはじめて目に汗がにじんだ。ティサ川にかかる橋のところでちょうど行き合ったオリエント急行を止め、ハバナ葉巻と化粧パウダーの匂いのする柔らかな布をあてた肘掛けにもたれて、ペシュトに着いた。ほっとして誘惑から逃れたと思い、それから、ブダのケーキショップに入って席を取った。そしてチョコレートがけした焼き菓子を食べながらマーチャーシ教会の入り口に目をやると、視界の遠くで誰かが立ち上がり、こちらに近づいてくる。男の歯はまばらで、その歯の間から、しゃべるたびに舌が発酵中のパンのように盛り上がるのが見えた。男は襟に、ミシンできれいに縫いつけられた鞭をつけていて、ハイヒールのかかとには赤いチーフが巻かれている。ブダの石段の上にうっすらと張った氷ですべらないためだ。皮のベストのボタン穴には、パイプを突き刺している。それで曾祖父は、その男がオイゲン・

ドージャだとわかったのだった。ミハイロヴィッチ博士より先にソンボルから到着していて、今や博士をじっと値踏みしていたが、目は少しも笑っていなかった。その日は金曜日で、金曜には、人は、日曜に泣かずにすむように笑わないからだ。ドージャは、ずっとお待ちしていました、お見せしたいものがあるんですが、よろしいでしょうか、と言った。ミハイロヴィッチ博士はその時、時間がものすごく緩慢に過ぎていくのを感じた、ひどく緩慢に。ドージャはパイプに火をつけ、何度か煙を吐き出して、それから火を消し、パイプの蓋を開けた。中には、小さなストーブのように灰が詰まっていて、その底に、輝くダイヤモンドの宝石があった。ミハイロヴィッチ博士は注意深くそれを取り出して、鏡の前で耳に近づけてみた。本物だとすぐにわかった。

——今お手にしているものは、ロシアの三家族の手を経たものです。オイゲン・ドージャは言った——アフリカ産でしてね。指にはめればリューマチが治ると伝えられています。この宝石は、いつ強風が吹き、天気が変わるかを読めるし、蛇よけにもなります。本物かどうかはご自身で簡単に確かめることができますよ。舌に乗せてご覧なさい、味覚が変わりますから。

じっさいミハイロヴィッチ博士が舌に乗せてみると、チョコレート菓子の味が消えた。その価値に比して、売値は信じられないほど安かった。博士は迷った。

——魚心あれば水心、でしょう——ミハイロヴィッチ博士の気持ちを見透かしたようにドージャは言った。ミハイロヴィッチ博士は、相手の目がこちらの目に合わせて鏡のように色を変えるのに気がついた。今その目は青い。博士は心を決めた。ソンボルに戻ると、金をかき集めはじめた。そのことで、ただそのことで、家族は、ミハイロヴィッチ博士の晩年に誰か女性がいたにちがいないと思うにいたった。その人のために彼は結婚指輪を外し、それを売払ったのだ。

その頃、曾祖父のミハイロヴィッチ博士は、櫛に白髪が混ざるのを見つけるようになった。まるで、耳が聞こえなくなったかのように、音を探しながら、人々の中を、砂漠の中を通るように通り過ぎていった。ある朝、いつものように窓越しに塔の上の時計に目をやると、そこにいつもの光景はなかった。広場には塔がなく、ただ塔が立っているはずの場所のまわりを、小道が走っている。それでも時計だけはそこにあって、九時を打つのだ。ミハイロヴィッチ博士はペンをもって窓に近づき、そこに見えたものをガラスに描いた。それが彼の手になる最後の作品となった。ガラスは、その後も長いこと彼の部屋の窓にはまったままだった。次の日には窓の景色に塔が戻り、いつもの風景どおりになったが、そのあともずっとガラスはそのままだった。曾祖父がどうやってあれだけの金額を集めてダイヤを買えたのか、訳がわからない。当時の曾祖父は、ミョウバンと塩についての本を読んで、ガラスを鋳造することを空想し、ダイヤモンドが出血を止める夢をみた。ハウンド犬の大きさを測ると、信じられない大きさになっていた。背丈は七二センチ、体長も七二センチで胸回りも七二センチ。解《かい》のないピタゴラスの四角形のようだった……。とにもかくにも、曾祖父はあらゆるポケットの中身を一つにまとめて、それでなくとも薄かった家族との縁をスッパリと切って宝石を手に入れた。それからまた平静をとりもどすと、ふたたび、ソンボル中が「櫛が折れるほど硬い」とうわさする髭を満足げに引っ張って、お気に入りのフレーズを口にしはじめた――「愚か者がのこらず白い帽子をかぶったら、いつも雪が降っているように見えることだろうな」

けれどもその上機嫌は、七日しか続かなかった。ドージャが新しいパイプをプレゼントに送ってきたからだ。それはつまり、もうひとつダイヤモンドがあるということだった。ダイヤは対になっていたのだ。ミハイロヴィッチ博士は、最初の時以上に震え上がった。ちょうど柳の週《ヴルボプツ》だった。博士は公園を歩こうと外に出たが、行き交う人たちの舌がどれも光って見えた。そのまま家には戻らずに、ザグレブ行きの最初の汽車に乗り、そこからウィーンへと向かった。亡くなった先妻の家族であるステイッチ家を訪ねるという口実を作って。その晩、ウィーンのギリシャ通りにあるホテルの飾り窓に、小人の置物が置かれているのを見かけた。小人は、顎髭を金の針と赤い糸で縫っている。これは、搾りたてのフレッシュ・ワインがあるという合図だった。彼は中に入った。最初のテーブルに、例のドージャがいた。まるでずっと彼を待っていたかのようだ。ドージャは驚いた気配もなく挨拶し、お掛けくださいと椅子を勧めた。口からパイプを離し、火を消して何も言わずにミハイロヴィッチ博士に差し出した。博士が蓋を開けると、中にもう一つのダイヤモンドが入っていた。最初のと同じように、赤っぽく輝いていて、まちがいなく同じ地層から採られたものだった。

もし、すでにお持ちのものとこれと両方を耳につけてみれば、ドージャは言った――その人は、より鋭い目を持つでしょう。このダイヤを舌に乗せれば、どんなに飲んでも決して酔っ払うことはありません。本物かどうかは簡単に試すことができますよ。手を出して、掌《てのひら》に乗せてごらんなさい。もしダイヤが落ちる前に手を引っ込められたら、偽物です。

曾祖父は石のように固まったまま、一言も発せずに座っていた。ただ、注文ずみの夕食をキャンセルし、封を開けていないワインのボトルを返して、この宝石を買おうと心に決めた。そのとき、ドージャがまたパイプに火をつけるかのようなそぶりを見せ、けれどもそのかわりにパイプから灰をはたき落として、ふたたびミハイロヴィッチ博士に差し出した。博士のほうは、パイプの底に何があるかわかっていたので、ひどく怖気づき、そのためにポケットの中で小銭がジャラジャラと震えて音をたてた。ドージャの顔のあらゆる細部が見えた――鼻のてっぺんを剃っていて、二つのまぶたはラクダのコブのよう。まぶたの下の方は、透きとおっている。ドージャがひそかに握り拳《こぶし》をつくり、そのなかで、親指と小指を合わせているのがわかった。その拳をドージャはパッとはじけたように開いて見せた。そこにはパイプから落ちた三つ目のダイヤがあった。白っぽく輝いている。仲買人であるドージャは、これはときどきとても暖かくなるので、冬でも植物を生き返らせることができるんですよ、と請け合った。ダイヤを先のダイヤと並べて置き、ミハイロヴィッチ博士に、いきなり「ねえ、いいかい」となれなれしい口調で語りかけ始めた。

――この二つの違いはわかるかな?

――わかる、ミハイロヴィッチ博士は認めながら、踵がテーブルの下でカチャカチャ鳴るのがわかった。一つは男のダイヤで、もう一つは女のダイヤだろう。売ってくれるのか?

――男のはね。でも女のは断る。ドージャは言って笑顔を作ったので、まばらな歯の後ろで舌が膨れ上がるのが見えた。

——ドージャ、君は女のダイヤをどうするつもりなんだね。——ミハイロヴィッチ博士は尋ねた。

——名前を教えるだけさ、ドージャは答えた——俺はもう年だ、見ろよ、顔には網が張りついている。俺はもう、女にはもてないんだ。

それから二人は別れた。ミハイロヴィッチ博士はソンボルに帰り、痩せはじめて、タバコをものすごく吸うようになった。夢には、あくびをする男が現れるようになった。鼻の下の毛が抜け始め、手の中にはいつも心臓の鼓動を感じ、口に入れた煮豆は舌の裏で一夜を過ごすようになった。顎鬚を肩でとかし、まつ毛は眉毛より硬くなった。あらゆるものを売りに出した。ガラス類、ピアノ、そしてついにはハウンド犬も。まるで何かが燃え尽きてしまったように、博士のすべてが何かの苦しみの中に溶け出していった。ある朝、前の日の水で体を洗い、ポケットには塩を入れ、ドージャからもう一つのダイヤを買った。時計までドージャのところに抵当に入れた。さて今や、彼はペアになった赤いダイヤを手にしていた。どちらも男のダイヤだ。どこかのボトルのガラスの栓から空気が流れてくる中、ほとんどからになった部屋に座って、タバコに火をつけた。それから日差しで家が燃えないようにとガラス瓶を退けた。彼の前には二つのダイヤがあり、彼はそれらの赤みがかった輝きを眺めた。まるで二つのダイヤは、互いに引き寄せ合っているようだった。そのとき、雷が鳴った。

あきらかに曾祖父は、債権者たちに対する義務を果たせなかったようだった。チェネイにある土地資産は競売に出され、請求された金の受領書のいくつかはみつからなかった。そのためにミハイロヴィッチ博士は、裁判官を辞任するはめになった。両の肩を痛めていたが、あの二つのダイヤはあいかわらず彼の手元にあった。今それらは、ミハイロヴィッチ博士が作らせたイヤリングになっていた。ある日ついに彼は、それをプレゼントしようと決意した……。

その後どうなったか、誰にダイヤが送られるはずだったのか、それはわからないままだった。ただわかっているのは、ミハイロヴィッチ博士がダイヤのイヤリングを贈ろうとした時、そのお相手のドレスに、第三のダイヤ、つまり女のダイヤがピンブローチになってつけられていたことだけだった。彼はそれを持ち主から買い取って、ますます落ちぶれていった。曾祖父は亡くなったとき（死はすばやく訪れた）、テーブルについていたと伝えられているが、彼の頭の脇には、二つの男のダイヤモンドで作られたイヤリングがあった。ピンブローチのダイヤのほうは、首にまいたスカーフに刺さっていた。曾祖父は間違いなく、あの、生きることを許された狼のたぐいではなかったのだろう。

＊

最後に、曾祖父の懐中時計が私の手元にある理由について説明を加えておこう。これは、私の妻であるマリヤ・ドージャが曾祖父から受け継いだのだった。妻の二人の兄弟で、背の高い、すこし猫背の男たちが毎週金曜日に訪ねてきて、私たちはいっしょにコーヒーを飲んで過ごした。編み針ではなく指で編んだような粗いジャンパーを着て、顎だけでなく首から胸までも毛を剃るような二人の間で、私はいつも居心地の悪い思いをした。彼らがいると、ミルクの匂いがしただけで饐《す》えてしまいそうだった。けれど、逃げ場もない。彼らのせいで私は実家の家族からとうに縁を切られていて、金曜になると、妻のきれいな歯をじっくり拝見する習慣になった。あくびをするたびにカチカチ音を立てる歯を。いずれにしても、私はそれほど神経質にはなっていない。少くとも、今は安全だからだ。隣の部屋では三人の子供たちが寝ていて、彼らには、人生のトレーニングをする誰かが必要なのだから。

(Руски хрт / Ruski hrt)

一三〇七年、西方教会に従わせようという目的で聖山アトスに対する攻撃が行われたさいには、セルビア人の修道院であるヒランダルにも傭兵一〇〇〇人から構成された一部隊が差し向けられた。その傭兵の中に、ヨルヘ・デ・ルエダ・エル・サビオという名の男がいた。長く、成果もない包囲の後、かれらの部隊は二つに分けられ、そのうちの半分は修道院の南側から、残りの半分は北側から上陸した。朝まだ早く、霧が垂れ込めていた。この辺りでこんなことは当たり前で、ヒランダルという名も、ギリシャ語のχιλιαν（hilian）とδαριον（darion）の二つの言葉をくっつけた形からできており、その意味は「千の霧」だった。兵士たちはこのために目の前がまったく見えず、サビオのいた一団は、ヒランダル修道院の横を素通りして、反対から来たカタルーニャ兵の一団と鉢合わせした。相手を修道士たちだと思ったかれらは互いに殺し合いをして、三人以外はみな死んでしまった。その三人はヒランダル側に投降して修道士となり、新しい暮らしの中で、それぞれ、マヌイル、サヴェル、アヴィヴィという名を得た。この第一番目の名前を得たのが、かつてのドン・ヨルヘ・ルエダ・エル・サビオだったのである。

マヌイル神父は、修道院生活に入って僧衣を身に纏うようになると、ヒランダルの僧たちが二つの聖なる言葉――ギリシャ語とセルビア語をあやつることを知って、この二つの言葉の修得に没頭し、やがてどちらも完璧に物にするようになった。読むのも歌うのも、本国ラシカ〔中世セルビア王国の本拠地、現在のセルビア南部とモンテネグロの一部から成る〕から来たどんな修道士にもひけをとらなかった。ひどく不可思議なことが起きたのは、彼がこの語学学習に打ち込んでいた頃のことだった。学習を始めて間もなく、彼はある、書かれたものに出くわした。けれどもそれと同じものを、ギリシャ語でもセルビア語でもほかのどんな書物の中にも見つけることができなかった。何年もの間、その記録と同じものを探し続け、耳の後ろにはいつも鵞ペンを挟み、なにかの手稿の中にこれを見つけたらすぐ書き留められるようにしていたが、無駄だった。

一三五四年のある日、早課のすぐあとでマヌイル神父は昔からの習慣のとおり、掌《てのひら》いっぱいのオリーブを用意し、銅製のグラスの底に火をともしたロウソクを立てて、ロウソクのまわりにワインを注ぎ、自分の腰につけている僧房の鍵には、火花のようにあつあつの薄焼きパンを突き刺した。それから本を一冊取り、耳に鵞ペンをはさんだまま屋根のついた狭い橋を通って、浴室と手洗いのある別棟に入っていった。人目《ひとめ》もなく居心地のいいその場所に陣取ると、オリーブとワインがある限り、そしてロウソクが燃えている限り、そこにおさまっていた。ようやく本を閉じたときにはもうすっかり日が高くなっていて、彼はぞくっとした。というのも、修道院の規律ではもうとっくに食堂にいるはずの頃だったからだ。食堂に向かう途中、彼はなにも特別なことに気づかなかった。ただ宿坊の前の草が枯れはじめていただけだった。食堂はもうとっくに空っぽで、彼の朝食だけが食卓に置かれ、卓の横には若い、マヌイル神父が見たことのない修道士（どうやらその日の食堂係の代役だったらしい）が、朝食が片づくのを待っていた。朝食に取りかかったとき、マヌイル神父は、皿の脇におどろくほど美しい文字が書かれた巻き物のようなものが置いてあるのに気がついた。広げてみて驚いた。そこに書かれているのは、ギリシャ語でもセルビア語でもなかった。さいわい祖国カタルーニャの文字をすっかり忘れていたわけではないので、それを読むことができた。

BORBA　ボルバ
ユーゴスラヴィア共産党機関紙
382182
三月一一日
一九五〇年

マヌイル神父は、年号がキリスト生誕からの数え方であることはすぐにわかった。けれどもこの数え方に馴染みがなく、ピンと来なかったので、頭の中で数え直して天地開闢から七四五八年がこの紙に書かれた一九五〇年になるのだと理解した。愕然として彼は、目の前に立っている若い僧に疑わしげに尋ねた。

——ここで長いこと私を待っていたのか？

——はい、たいそう長い間、マヌイル神父様。

若い修道士は愛想よく答えた。——朝食は冷めてしまったので二度温め直しました。——それから皿を集めて腕に抱え、食堂を横切って食堂の扉を少し開けたまま出ていった。

マヌイル神父は若い僧の後ろ姿をまばたきもせずに見送ったが、そのとき彼の背後で大きなクシャミが聞こえた。神父はひどくびっくりした。食堂には彼のほかには誰もいないと思っていたからだ。それからまた、誰かの——あきらかに女性のものだ——クチュンというクシャミが聞こえた。神父は木製の聖像画、聖母マリアを描いた「三本手の聖母像」に近づいた。表面を古びた表皮で覆われたような聖母は、暗がりの中で修道院長の机の上にたたずんでいる。マヌイル神父は聖母の手に接吻しようとしたが、聖母は三本の手のうち二本を差し出しただけだった。もう一本はほとんどわからないように女もののチーフで覆われている。クシャミをしたのは間違いなく彼女だ。それからマヌエル神父は壁からじっと見つめられているのを感じながら、食堂の扉の方へと向かい、扉を閉めた。するとクシャミは止まった。マヌイル神父はこのとき、三本手の聖母像についてすこし調べてみようと思いたった。そして、古い本と修道士たちとの会話から彼が知ったのは、次のようなことだった。

三本手の聖母の引っ越し

イコノクラスム〔ビザンツ帝国で八世紀—九世紀におきた聖像破壊闘争〕の最中《さなか》の七二六年、ビザンチンの詩人であったダマスコのイオアンは聖像擁護者として、この運動の支持者であった皇帝レオ三世に疎《うと》まれた。皇帝はイオアンが知事をつとめていた地方のイスラームのカリフに命じて、イオアンの右手を手首から切り落とさせて、街の人々が一番多く集まる広場に、みせしめとして晒しものにした。その後、イオアンの友人でカリフの側近にあった者たちが、広場に晒されていた右手を奪還して、イオアンに返した。ダマスコのイオアンはその夜、自分の部屋に閉じこもり、右の手首を右腕におしつけて聖母のイコンの前で両手を組み、祈りながら眠った。目が覚めると、眠っている間に手首から先がくっついていて、ただ手首の切り落とされたところに赤い輪っかが残っていた。聖母に深く感謝したイオアンは銀で右手を鋳造し、これを聖母のイコンに付け足した。そしてこの三本手のイコンをパレスチナに持っていき、イェルサレムのマル・サヴァ修道院にこの聖像画とともに住みつき、終生をそこで過ごした。イオアンが他界すると、三本手のイコンは「乳を授ける奇跡の聖母像」のすぐ隣に置かれた。「奇蹟の聖母像」の方は、この修道院を六世紀に創設したマル・サヴァが、いつか王家の血を引き、彼と同じ名をもちヨーロッパ大陸から来る者に授けると遺言していた聖像だった。

一三世紀の初めになって、詩人で王子であるサヴァ・ネマニッチが初めて聖地イェルサレムを巡礼し、この大修道院を訪問した。教会に入り、三本手の聖母の前で祈ると、聖像がいきなり壁から見知らぬ異国の訪問者の足元に落ちた。できごとに驚いた番人がこの奇蹟について報告し、サヴァの返事から、彼が王族で「サヴァ」という名を持ち、ヨーロッパ大陸から来たとわかると、修道院長と修道士たちはこの二つのイコンを両方とも彼に贈ることにした。こうして、セルビアの詩人の来訪を予言した修道院創設者の遺言が達成されたのだった。パレスチナから聖山アトスに戻る途中、聖サヴァは「乳を授ける聖母」のイコンをカレイにある自分の僧房に置き、三本手の聖母像のほうはヒランダル修道院に持ち帰った。けれども三本手のイコンは新居に長居はしなかった。一二〇八年、サヴァは後継争いをしている兄弟たちを和解させるため、父ネマニッチの遺骨と三本手の聖母像をもってセルビアに赴き、イコンを兄のステファン初代冠王に託したのだ。これを、セルビアの王家が続く限り、末代まで、王宮に安置するようにと告げて。そしてそのようにされた。けれども一三八九年のこと、ヒランダル修道院の院長がいつものように夜課のために起きて教会の広間へと向かうときに、僧房の窓から外を見やると、光が見えた。光は北側の海から飛来してヒランダル修道院まであと数分というところに来ていた。修道院長は大急ぎで修道士たちを呼び集め、一体何ごとなのか見にいくよう言いつけた。海からヒランダルに登ってくる道の上のほうに、ほこりまみれのロバがたった一頭いて、背に三本手の聖母を載せていた。震え上がった修道士たちは、後になって、コソヴォの戦いでセルビアがトルコに負け、セルビア王国が滅亡したことを知った。そして、王宮は破壊され、そのためイコンがもといた場所にまた戻ってきたのだと。それから修道士たちは衣服や十字架や香炉を持ってきて、唱えたり読んだりして、イコンを大聖堂に運びこみ、祭壇の上の場所に設置した。

翌日、彼らはまた驚愕した。イコンが食堂の修道院長のテーブルのところに置かれていたからだ。どうしてこんなことになったのかもわからぬまま、修道士たちは礼をしたり祈ったりしながら、最初においた祭壇のところに彼女を戻し、修道院長は教会に施錠して、鍵を身につけて出ていった。けれどもその夜、修道院長の夢に三本手の聖母が現れ、修道院長にこう語った——私がここに戻ったのはあなたがたに守ってもらうためではなく、私があなたがたを守るためなのです——。

それ以来一九一二年まで、三本手の聖母像は食堂の修道院長の椅子の上に置かれていた。この年、セルビア軍はコソヴォを解放し、その知らせを聞いた修道士たちは毎朝、僧房から北の空を見上げて、三本手の聖母が解放された国に戻っていく様子を見ようと待ち構えた。やがて一九一八年が来て、その年が過ぎ去っても三本手のマリア様は食堂に静かに残っていた。一九二九年になると、修道院長と彼の修道院の兄弟たちは、コソヴォに僧の一人を派遣して、セルビア国が再興したのに三本手の聖母がなぜ帰らなかったのかを調べさせることにした。修道士は一年の放浪の後に戻ってきて、こう報告したのだった——コソヴォにはトルコのスルタンムラートの記念碑と、トルコ軍を記念して建てられたガジメスタンの廟ができておりますが、セルビアの王子ラザールが殺された場所や、セルビア最大の英雄ミロシュ・オビリッチがサモドレツァ教会の近くに埋葬された場所のどこにも記念碑はございませんでした。そこで修道士たちは、三本手の聖母さまがヒランダルの食堂からお立ちにならないのは無理もない、と納得したのだった。

＊　＊　＊

これが、マヌイル神父の知り得たすべてだった。けっきょくどこにも三本手の聖像がクシャミをする由来についての記述はなかった。マヌイル神父はそこで、すべてを勘案すると、とにかくコソヴォに記念碑を立て、三本手の聖母像はそこに返すのがよかろうと考えた。この考えが煮詰まった一九五〇年、ＦＮＲＪ（ユーゴスラヴィア連邦人民共和国）の新聞をいつも読んでいた修道士仲間からちょうどコソヴォで大きなセルビア無名戦士の記念碑が建立されたという知らせを聞いた。もう、差し控える理由はなくなったなと考えたマヌイルは、そこで、毎夜こっそりと、三本手の聖母様がセルビアにお帰りになれるようにと、食堂の扉を少し開けてみた。けれども食堂の扉が少しでも開いていると三本手の聖像はクシャミを始め、隙間風がある限りずっと、クシャンクシャンがとまらないのだった。がっかりして手の打ちようがなくなった修道士はとうとう、ロバを修道院の旅籠《はたご》の前に引き出して荷鞍をつけ、そこにイコンを隠してひそかにセルビアに向かって出立した。けれどもアトス山からの出口のあたり、ギリシャとユーゴスラヴィアの国境の近くで――カタルーニャの傭兵だったころによく知っていたあたりだ――、この当時山岳ゲリラ戦を展開していたマルコス派の手に捕まってしまった。ロバは取り上げられて反対方向に連れて行かれ、マヌイル神父は別の方向に連行されて、尋問を受けた。だが、彼らの言っていることがさっぱりわからない。ただわかったのは、彼らがディモティキ——新ギリシャ語を話しているということだった。彼は、ほかの言葉はできないのかと聞かれ、セルビア語なら、と答えた。マルコス派の中にセルビア出身の、ユーゴスラヴィアからの志願兵がいたので、修道士の事情聴取をしようとした。けれども、ひとこと相手の言葉を聞くとマヌイル神父はびっくりして、いったい何語でお話しになっているんですか、と聞いた。そしてセルビア語ですよという答えが返ってくるとすっかり動揺してしまった。

——ええっ、聖なる言葉はもう使われていないのですか。

——もちろん、そんなことあるはずないでしょう——警備兵の一人が冗談めかして答えた——ラテン語はご存じで？

——いや、ラテン語は。でもスペイン語ならば——マヌイル神父は答えた。

——スペイン語？

兵士たちは驚き、国際旅団の赤旗の下、スペイン内戦中にカタルーニャで青年時代を過ごしたという政治委員を呼んできた。二人はすっかり盛り上がった。マヌイルが、自分の母語で過ごした時代のことを思い出し、カタルーニャでの彼の元の名前はドン・ヨルヘ・ルエダ・エル・サビオでしたと言うと、政治委員は大いに喜び、ふたりは夜通しスペインの思い出話にふけったのだった。夜明け前、マヌイル神父はロバが野営地から抜け出し、ゆっくりと峡谷を通って国境に向かって道を進んでいることに気づいた。古いカタルーニャの傭兵時代の経験と、それに、見て見ぬ振りをする時を心得ている政治委員の気遣いのおかげで、修道士自身もロバの跡を追って抜け出し、夜陰にまぎれて修道院へと急いだ。やがてヒランダルの近くで、荷鞍をはずし修道院の芝地でモリモリと草を食べているロバを見つけた。きっとうまくいったに違いない、マヌイル神父はそう思い、そしてロバに乗って、ちょうど早課の時間に修道院にたどり着いた。早課が終わると食堂に立ち寄って、いつもの自分の夜食の用意をした。オリーブを取り、グラスにワインを注ぎ、本を選んだ。そうしながらぶつぶつと小声でつぶやき、その晩の自分のちょっとした冒険のことを考えた。それからあの書かれたもの、代数の本にもなかった書かれたもののことも。

——いったい誰にわかるものか——そもそもあのセルビア人たちだって、もしかするともうセルビア人ではないのかもしれない、言葉だって昔の正しい言葉ではなかった。いろいろなことから察するに、あれは「新セルビア語」なのだろう。あの国境の向こうには、もう我々の仲間はいないにちがいない……。

その瞬間、誰かが食堂の暗がりの中でクシュンとクシャミをした。マヌイル神父が振り返って見ると、あの三本手の聖母さまがもとの場所におさまっている。

——おお、また戻ってこられたのですね！　小声でつぶやくと食堂の扉を閉めにいった。窓は全部閉まっていた。食堂に隙間風はない。

マヌイル神父は肩をすくめ、そしてこのイコンの出来事から何らかの教訓を引き出そうとした。そのとき、ギリシャからの戻り道の途中、どこかの交差点で道の脇にこの印が立っていたのを思い出した。

この図で、彼はあの昔の書きつけを思い出した。今、彼にはわかった。これはそもそもギリシャ語でもセルビア語でもなく、彼の新しい人生で学んだいかなる言語のものでもなかったのだ。そうではなくて、これは、自分のカタルーニャ人としての人生で忘れたものだった。つまりこれは言葉ではなく、ただの合図で、指を交差させるだけでもできるものだった。この合図とともにかつて女たちは彼らをバルセロナから遠征に送り出したのだ。手を上げて差し出したこの合図はつぎのような意味だった——

引っ越しした者にとって、その引っ越し先はけっして空家になることはない。

(Икона која кија / Ikona koja kija)

カーテン

あるところに男が五人と女が二人、すぐ隣り合って住んでいました。家は三軒、一軒目は貧しく父親と息子、娘が暮らしていました。二軒目は金持ちで、主人と甥、それに使用人が住み、三軒目の小さな家には、娼婦が一人で暮らしておりました。

ある日、とても奇妙なことが起こりました。

貧乏な家の父親が、たまたま家の敷居の下に、いったい誰が埋めたものか、金貨の入った壺を見つけたのです。それから、ものごとがおかしくなりました。暮らしをましにする代わりに、父親は、秘密を独り占めしようと、子供たちにも金貨のことを内緒にしたのです。金貨から離れるのは、用事で家を空けなくてはならない時だけ。でも、ある用務の旅に出ている間に強奪にあい、それも一度に三重の盗みを被ったのでした。

それはちょうど、父親が祝日に出かけた時のこと。帽子に四方からのすきま風を感じていた息子は、長い間の望みを実現しようと思いたちました。隣の家に住む娼婦がときどき誘惑するように、窓から自分の胸の谷間をみせびらかし、けれども彼が貧乏だったので、家に入れてくれなかったのです。娼婦にすっかりのぼせあがっていた息子は、父親が留守の間に、家を売り払ってずっと想いを寄せていた女を手に入れようと決意しました（もちろん、そんなことをすれば、妹が持参金なしで残されることはわかっていたのですが）。そこで、その祝日の食事に、隣の金持ちとその甥と使用人とを招待しました。金持ちは強欲で、ある時などは自分の名前さえもぺろりと食べてしまったほどですが、その男を相手に、息子は食事のさなか、この家を買いませんかと持ちかけたのです。もちろん敷居の下の莫大な財産を手放そうとしているとは、夢にも思わずに。金持ちはすぐに、家と一緒に娘もついてくるだろうなと踏みました。娘にまず持参金は残らないだろうから、婿を選ぶことはできやしない。最初の申し出を受けざるを得ないはずだから、結婚を申し込むにはまたとない機会だ。食事とワインをやりながら話し合いは進みましたが、その間に、二つの重大なことが起こりました。噂では、かなり器用で、走っている人の足から靴を盗むこともできるといわれていた金持ちの使用人が、訪ねた家の敷居につまづき、長靴の片方をなくしてしまったのです。そして、それを探しているうちに見つけたのが、敷居の下に埋まった金貨の壺でした。もちろん彼は、すぐさまそれを頂戴しました。金持ちの甥の方は、まだ若く、ワインも飲みつけていなかったので、最初の一、二杯ですっかり酔っ払ってしまい、叔父たちのうんざりするような退屈な話のせいもあって眠くなり、隣の部屋で一寝入りしようと出ていきました。ところが、狭い廊下でその家の娘と出くわし、二人の袖のボタンが互いに絡んでしまうという始末。ボタンの絡みを解くつもりが、娘のブラウスを引き裂いてしまった若者は、よろよろと娘に絡みついていっしょに床に倒れこみ、あっという間に彼女をものにしてしまったのでした。すべてがほとんど一瞬のうちのこと。何が起きたのかも分からないまま娘は、それでも、もう子供ができたに違いないと思い、飛び起きると、泣きさわぎながら自分の部屋へと逃げこんでいきました。やがて、ことの次第を聞き及んだ兄は、サーベルを手にして夜の中、若者をやっつけようと出かけて行ったのです。ランタンとサーベルを手にした二人の影が、反対方向から同じ通りを進んでいました。突然、一方がサーベルを地面に突き刺し、そこにランタンを掛けて、道端に身を隠しました。相手を背後から襲おうというわけです。もう一人も、ランタンを手にしたまま、そこから数歩のところで、ためらいながら立ち止まりました。相手が闇の中で何を狙っているのか、どうして立ち止まっているのか、分からないままに。次の瞬間、むき出しのサーベルを道の真ん中に突き刺したまま、二人は、いきなり背中で鉢合わせしました。最初ギョッとして飛び上がった二人でしたが、すぐ我にかえると、相手の正体を見定めました。一人は、ちょうど旅から帰り、息子の代わりにやってきた貧乏人の父親、もう一人は、あのすばしこい使用人で、こちらは半ば泥酔状態の、ご主人さまの甥っ子の身代わりでした。それから使用人はビンタをくらい、いっぽう貧乏人の家では、ほどなく、悲痛な叫び声が上がりました。貧乏人が三重の強奪にあったのがわかったからです。一つ目は家の権利証、二つ目は娘の名誉、三つ目は敷居の下の金貨の壺でした。

万事が解決したのは、翌日のことでした。強欲な金持ちは甥に、貧乏人の家の権利書と身重になった娘を与え、貧乏人の息子は娼婦と一緒になりました。そして使用人は、もう一発びんたをくらって、金貨の壺を返したのでした。

この一連の出来事は、しかしながら、これで終わりではありませんでした。何組もの隣近所の間で、同じことが、数え切れないほど繰り返されたのです。まるで、彼らの周りで、秋、夏、春、そして冬と四季が数え切れないほど繰り返されるように。違った時代の、別の服装をした五人の男と二人の女。けれどいつも一日の同じ時間に、一連のできごとが繰り返されました。父親が金貨を隠して旅に出て、その間に、商売女に入れあげた息子が家を売り払い、酔っぱらった若者が隣の家の女の子に手を出し、伯父が家を買い上げて、使用人が金貨の入った壺を盗み、そしてお決まりのやり方でサーベルの決闘となり、それから……といった具合。そして、一番賢い（というのは一番、視力のいいということですが）者でも、めったに、ある種の痛みにも似た心の飢えを感じることはなかったのです。

こんなことが、何年も何年も続きましたが、やがてある時、彼らは、まったく偶然に、自分の家のすぐ近くに、見慣れないカーテンができていることに気づきます。そのカーテン越しに彼らは、どこかの町の群衆が押し合いへし合いしている匂いを感じました。そして、いつもの、例の当たり前のことばかりが起きているときに見やると、ときどきカーテンがふいに消えていて、あちらの町や別のどこかの町の人々が集まって群れをなし、好奇心たっぷりに、こっちの家で何がおきているのかを見ようとしているのでした。

五人の男と二人の女は、だんだんと、カーテンの向こうの町から漂ってきて広がる匂いが変わっていくのに気づきました。広場から自分たちを見ている町の人たちの服装が変わり、髪型も様変わりして、髭の形も違って見えました。両脇を伸ばした山羊髭がはやり出し、それから話している言葉もだんだん分からなくなり、口笛を吹いたり野次を飛ばしたりするやり方も、タイミングも、以前とは違ってきました。そうして年月が過ぎ去り、世紀も変わり、人の顔も名前も、もうまったく昔とは比べものにならないまでに変わってしまいました。みんなして耳輪につけていた鳥でさえ、何か新しい歌を歌い出し、さらにはやがて鳥もいなくなり、耳輪も見かけなくなりました。男五人と若い二人の女は、自分たちが取り残され、普通ではなくなり、自分たちのところでいつまでたっても繰り返される同じことが、カーテンの向こうでは前と同じようには起こらないと、ますます感じるようになったのでした。彼らはやがて、自分たちは、カーテンが降りている間に取り残されたのだ、と思い当たりました。取り残されるという感覚は、ほとんど恐怖でした。そしてその恐怖感が頂点に達すると、彼らはカーテンに飛びかかり、引き裂き、食いちぎりました。

その後も彼らは、昔のままの出来事の当事者であり、けれども同時に、もうカーテンが裂かれたので、古い服を投げ捨てて、名前も変え、カーテンの向こうの人たちと同じようになりました。向こうの人たちとまた近しくなり、自分たちの暮らしぶりを眺めている群衆と、理解し合うようになったのです。そうしてずいぶん長い年月の間、彼らが昔からの例の日常を繰り返しているうちに、いつの間にか、家の前に新しい、若いカーテンが現れているのでした。色も、縫い方も違い、現れた場所も違い、それでもやはり、カーテンなのでした。そしてそのカーテンの向こう側の人々には、今起きていることをどんな名前で呼んだらいいのか、思いつきもしませんでした。それに、どちらの側が正しいのかも、わかりませんでした。

あちらの人々も、こちらの人々も、彼らの間にあるのが、「鉄のカーテン」というものだとは、知りませんでした。

（Завеса / Zavesa）

「まったく同じやり方で、同じものを守ることも失うこともあるのです」――

一二七五年、こう言って、フランスの王女アンジュー家のヘレナはイバル川のほとりにあるグラダツ修道院の壁に、自分の持参金と宝石、それに夫であるセルビア王ウロシ一世と彼女自身の献金を埋め込んだという。ナポリのアンジュー家のカルロ一世の血縁者でもあったヘレナは、一二五〇年に東方世界の王と結婚し、人生の苦楽とベッドを王とともにして二人のセルビア王の母となったが、王の東方正教会への信仰は分かち合わなかった。イバル川のほとりにある王妃のブルニャツの宮殿では、教会で用いるためにセルビア語とギリシャ語の写本が作られたし、王妃の親友でその伝記作家でもあったのは、正教会の総主教ダニロで、総主教は彼女の庭園を造営し、その世話もした。じっさい王妃は、いっぽうでローマ教皇のニコラウス四世やベネディクト一一世と文通し、沿岸部のコトルやバール、ウルツィニ、スカダルなどにフランシスコ会の教会や修道院を建て、けれども他方ではシナイ半島のセルビア修道院に多額の寄付をして、セルビアの内陸深くに、東方正教会に属するグラダツ修道院を築かせた。その壁には、王妃が夫とともに、旅人たちの守護者である聖母さまに受胎告知教会を献呈した様子が描かれている。そしてフランス・ゴシック様式の尖頭アーチをイタリア南部にもたらしたシトー会派の聖職者と親交があったことから、彼女はその建築様式をセルビアの、自分の寄進したイバル川ほとりのグラダツにももたらした。こういうわけでグラダツには、古いビザンチン様式の建物の土台の上に、この新しい尖頭アーチをもった建物が出来上がり、彼女は、「目から滴り落ちる苦い涙で胸のうちを満たした」と、その建築を目の当たりにした一三世紀のセルビア詩人の一人に思い出を歌われることとなったのである。修道院は大きな壁と旅人用の宿舎で囲まれ、村とブドウ畑を所有し、その中にすべての富を収め、それらはすべて目録に記された。王妃は、修道院に宝石やさまざまな装飾をほどこした金銀の器を備えさせ、黄金の枠にはめて真珠と宝石を飾ったイコンや聖遺物、金織りのカーテン、そのほかの教会の必需品を寄贈した……。王室の伝記作家はこのように記している。修道院にこもってからもアンジューのヘレナという名を変えなかった王妃は、一三一四年二月八日に天に召され、自分の宝物を修道院のどこかの壁に埋め込んだという秘密とともに、グラダツの新しい墓に入った。

以下はその秘密が明らかにされた顚末《てんまつ》である。

ヘレナの次男だったミルティン王の死後、二、〇〇〇人のクマン兵士がセルビア王国を荒し回った。ミルティンは生前、自分の義父であるビザンツ帝国の皇帝アンドロニコス二世に兵たちを貸したのだが、今や兵たちは戻ってきて、権力の空白を悪用しはじめたのだった。一三三一年、これらの異教徒たちはネロディムリェからバニスカに向かう途中の王の葬列に行き合って王の遺体さえをも強奪しようと試み、その一派はさらに、イバル渓谷沿いを北上してグラダツの略奪を狙った。

この当時、グラダツには、ブルニャク出身の貧しい男が教会長として務めていた。男には、亡き女王ヘレナが餞《はなむけ》として持参金を与えておいた娘が託されていたが、そのほかにもう一つ、任務があった。毎日、夕方になるとソポチャニ修道院からくる伝書鳩を迎えるというものだった。鳩はこの不穏な時代に、兵士たちの動きを伝える知らせと警報をもって、いつもきっちりグラダツの教会の拝廊のところに舞い降りてきた。ある晩のこと、宿舎は、セルビアからアトス山へと向かう巡礼者でいっぱいになった。巡礼たちは、危険な南への旅路に怯えて一夜の宿をここに求めてきたのだった。この夜の教会長は、すこしばかり『テッサロニキ年代記』に読みふけってしまい、異教徒たちがすでにソポチャニを襲って、ついでにそこの鳩小屋を焼き払い、ただ一羽の伝書鳩を捕まえてしまったことを知らなかった。彼がまだ読書に夢中になっている間に、兵士たちはもうグラダツの壁を囲んで、修道院を襲撃するチャンスをひそかに狙っていた。彼らは、松脂《まつやに》に浸した矢を鳩に結びつけ、そこに火をつけて、鳩がいつものように教会に舞い降りることを狙って放った。自分の後ろにつけられた炎にあわてふためいた鳩は、グラダツのひんやりした拝廊めがけて閃光のごとく飛んでいった。教会長がようやく本を閉じて教会の前に行ったときには、拝廊はすでに火の海だった。けれども彼はすぐに、炎はこれ以上広がらず、すぐに消せるとふんだ。けれども、こうも思った——聖なる王妃が宝物を埋めた壁と拝廊とを隔てている薄い仕切りが、火で燃えてしまうかもしれない。そうなれば、もう教会の中を荒らしはじめている巡礼者どもが火を消して、宝物を強奪するかもしれない。そこで彼は、すこしばかり策略を用いることにした。声の限りに、すぐ近くに異教徒がいるぞ！と叫んだのだ。もちろん、誰も、異教徒の兵が本当にいるかどうかなどは知りもしなかったが、このデマで巡礼者の注意が教会とその隠れた富からそれるかもしれないと狙ったのだ。これをすっかり信じた巡礼者たちは、修道士たちと一緒に大騒ぎで修道院の壁のほうへと押し寄せ、そして本当にそこで異教徒の兵士どもと鉢合わせした。ちょうど今まさに修道院に押し入ろうとしていた兵士たちのほうは、見つかってしまい、しかも宿舎にいるのが修道士だけではないと知って、わずかな小競り合いをしただけで撤退していった。その騒ぎの間に、教会長はなんとか火を消しおおせた。壁の下に本当に兵士どもが隠れていました、などという目撃者の言葉は、まったく信じもせずに。彼が壁のところにたどり着いたときには、異教徒の兵士など影も形もなかったのだ。兵士たちがいたという話はまったく取るに足りないデマだとばかりに、そのあと教会長は自分の僧房に戻り、何事もなかったかのようにまた読書を続けた。

彼が読んでいた本の終わりのほうには、何も書かれていない空白のページがいくつかあった。ここに一四九三年、隣接するストゥデニツァ修道院の剃髪僧イザイヤが一つの書き付けを残した。上記の年、インディクトゥスの六月、グラダツ近郊の住民ヤブチロ・プリバッツに呼ばれて聖体拝領を授け、懺悔を聞いたときの記録である。このときプリバッツは、ひどい罪から身を清めようとしていたのだった。イザイヤ修道僧はこれに応じ、以下の懺悔を聞いたのだった。

風の番人の懺悔

プリバッツの子供の頃の記憶といえば、ゴラジュデ周辺の土地の出で、家族の数がいつも七人と定められた家の一員だった、ということだけだった。その数は超えても、少なくてもいけないのだった。父親を「お父さん」と呼んだことはなく、もっぱら「おじいさん」と呼んでいたが、その父親は、硬い音（子音）の入ってはならない歌を歌って病人を治す術を知っていた。プリバッツは父から、この上なく繊細で信じられないほどの距離をもつ驚異的な聴力を受け継いでいて、はるかかなたの音を聞くことができた。このため彼は、家族の中でも特別な地位と名誉を得ていた。というのもこの家では、聴く才能は話す才能よりずっと貴重なものとされたからだった。幼い頃から、鳥が空を飛ぶ音とそのさえずりを聞き分けることを覚えた。プリバッツの名前は、もとはギリシャ語だったが、後になって簡単にするためにヤブチロと改名された。プリバッツの家族のもとにはよくドゥブロヴニク商人たちが休憩所として立ち寄り、家族に異国風の上着や飴、塩、穀物の贈り物を持ってきたものだった。

ある年のこと、若いプリバッツはグラダツの風を守るために雇われて、ラシカに連れて行かれた。新しい仕事は、てっぺんにガラガラのついた長い羊飼の杖と、いつも装填した大きな銃を持って、空のはるか奥深くで起こっている変化に耳を傾け、月が変わる時や季節が移り変わる時には、いちばん高い木に登って、銃と歌と祈りでもって雪をもたらす風と雹《ひょう》を降らせる雲を追い払うことだった。そして風と雲を追い散らしたり、塊にして遠くに追いやったりすることができないときには、修道院とその周辺の住民たちに、迫り来る危険について、ガラガラで知らせなければならなかった。

グラダツに来るとすぐ、プリバッツは聖なる女王の宝物と、修道院の壁のどこかに埋められた王妃の「歌う指輪」の噂を聞いた。家に住まず、丘のふもとの、リンゴとクルミをいっぱいうかべて流れる小川のほとりに寝床を作り、その上に屋根をつけた。寝床の前には、素焼きの、小さな教会の形をした暖炉を作り、すてきに色づいたその暖炉にいつも火を絶やさなかったので、冬の夜も彼は、寝ながら風に耳を傾けて過ごすことができた。時には、目をさまして横になったまま、グラダツの壁の中で歌う指輪の音が聞こえないかと耳を澄ましたり、寝床からはい出して修道院の壁に耳をくっつけて歩いたりした。けれども聞き分けられるのはただ、ロウソクが声のない合唱団の中で砂に向かって泣く声と、聖なる食卓の上で切られたパンが流す血の音だけだった。最初のそんな散歩の最中に、プリバッツは、夜の鳥たちが、ある決まった場所にいるときに、ほかの場所にいるときとはまったく違った啼き方をすることに気づいた。朝になると彼は川岸から修道院へと降りていき、鳥たちが彼に噂と知恵をもたらしてくれるようにと谷間を歩き回って、まもなく理解した。グラダツの南の一角に、決まった種類の木が群生している。それらの木々が、その高さと種類のために、ある特定の翼をもった歌い手たちを惹きつけていたのだ。

林の中に茂みが生い繁っているその場所は、明らかに古いビザンチン様式で造営された、いにしえの庭園だった。誰か、はるか昔の庭師で卓越した園芸の達人が、どの木にどんな鳥が歌をさえずりに寄ってくるかを正確に知っていて、あらかじめ鳥の声の生み出すハーモニーをすべて計算に入れたうえで、庭園を作ったのだ。

プリバッツが同じようなもう一つの庭園を発見するまでに、六年間が過ぎた。第二の庭園は、先の庭園の少し北、修道院からやや離れたところに作られていた。その中の鳥や木は最初のものとはまったく違っていて、ここで聞こえる歌は、前の庭の鳥の歌とは似ても似つかなかった。先の庭にはとげのあるナラが圧倒的に多かったが、こちらにはニワトコや日日草が生い茂っていた。

その後、プリバッツは鳥のさえずりを聞くために何年もの間、あちらの庭とこちらの庭の両方に足を運び、それは一四五九年まで続いた。それは、ついにセルビア王国がトルコのもとに滅亡し、グラダツが無人となった年だった。修道士も住民もいなくなり、半壊した修道院に一人プリバッツだけが帰ってきた。自分の寝床も壊された彼は、ここに来てから初めて、焼打ちにあい、人気《ひとけ》もうせて見るも恐ろしげになった修道院の宿舎の中に入った。窓は黒焦げになっていた。かつて彼が外から見たときには、窓は無秩序に修道院の石壁に設けられていて、意味もなくただでたらめに作られたもののように見えた。けれども今、内側から外に向けて視線を投げ、窓から聞こえる物音に耳を澄ませると、すぐにわかったた。彼は、歌う指輪を見つけたのだ。古い宿舎の七つの窓それぞれの下に、小さなビザンチン様式の庭園があり、その一つ一つが、特別に作曲された鳥のハーモニーを生み出していた。それは鳥たちが生まれるよりずっと前に計画され、庭を作った人が死んだ後さらに成長してそのハーモニーを生み出すように造園されていた。グラダツはこれらの七つの歌う庭園で囲まれていて、つまりこれらが「歌う指輪」を成していたのだ。ただ不可解だったのは、これと、聖女王ヘレナの宝物との間にどんな関係があるのか、ということだった――火がついたと思ったら走れ！――プリバッツはそう自分で踏ん切りをつけた――火がいつ消えて、おまえを闇の中に残すか、わかったものじゃない……。

そしてゴラジュデを去ってから初めて、彼は旅路につき、里帰りした。すっかり歳をとってはいたが、家族は今も住んでいて、きっちり七人だった。ただ、今いる「おじいさん」が彼とどのような関係なのかはわからなかった。彼はおじいさんに、歌う庭のことについて何か知りませんかと尋ね、こんなふうに教えられた――「あの七つの癒しの声は神と鳥たちのものだが、そのほかの硬い声は木のものだ」。出立のとき、プリバッツは布地に包まれた土製の焼き団子をもらった。そこには硬い音を示す小枝がいくつも突きささっていた。

疲れと老いで半ば死んだようになって、プリバッツはグラダツへと戻った。石でカラスを殺してその皮で小袋を作り、グラダツの庭から庭へと回り、そのたびに小枝を折り取ってはそこに入れた。巡回の輪が閉じ、最初の場所に戻ったとき、風の番人は、集めた小枝を隣り合わせに並べてみた。カシにニワトコ、それからヤナギ、シラカバ、テレピン、トネリコ、そして最後にリンゴ。彼はこれらの枝を、故郷からもってきた包みの中の、硬い音の小枝と比べてみた、すると——

カシ　ニワトコ　ヤナギ　シラカバ　テレピン　トネリコ　（リンゴ）
Т　Р　С　В　Д　Н　（О）

こうして трисводно（三つの天蓋）という語を読み取ると、プリバッツは人気《ひとけ》のない僧院に入った。そして見つけた。ゴシック様式の尖頭アーチの三本の柱が天蓋の下で交差するところが、聖なる女王の宝の隠し場所だ。彼はそこを削ったり、壁を壊したりはしなかった。宝物を欲しがりも、触れたいとも思わなかった。ただすぐに修道僧を呼び、聖体拝領を受けて懺悔し、自分の意志に反して王妃の秘密を暴いてしまったことを告げた。けれどもストゥデニツァのイザイヤは、懺悔した者をごくあっさりとなぐさめた——ことのなりゆきをよくわかっていたイザイヤは、死にゆく前のプリバッツに、歌う指輪の言い伝えと трисводно という言葉はアンジュー家のヘレナの宝物とはなんの関係もないのですよ、と彼に言って聞かせた。指輪がたまたまこの秘密を明らかにし、宝のありかを教えることになりましたが、これはただ、まことの啓示はほかの多くの秘密を明らかにするものであり、それらの秘密の鍵は啓示の中に秘められているのだということを示しているだけなのです。

＊

一九四二年、フランスのスラヴ学研究の雑誌に、一四九三年のストゥデニツァのイザイヤの書き付けが刊行され、一九六〇年代には考古学者のオリベラ・マルコヴィッチがグラダツ修道院を再建した。そんな一九六八年の春の終わりのある日、古教会スラヴ語―フランス語辞書を手にした二人のフランス人観光客が、グラダツ近くのイバル川沿いにあるドゥルヴェニクでシトロエンから降りた。辞書のтрисводноという語には下線が引かれている。二人は、ベオグラードの日刊紙の包みを抱えていて、地元の新聞売りを雇うと、たっぷり報酬をはずんでこう持ちかけた。この包みの新聞をグラダツの岸辺に持っていって、全部売りさばいてほしい。その日の日刊紙をまだ通常便で受け取っていなかった新聞売りは、申し出られた高額の謝礼にすっかり興奮して、即座に引き受けた。そして人々が祈りに集まっている修道院に到着すると、フランス人たちが配達人に合図した。配達人は新聞の梱包を解き、第一面の大きな見出しに愕然として、すぐに声をかぎりに叫びだした――「ロシアの戦車、プラハに侵攻！　ロシアの戦車、プラハに侵攻！」

人々はびっくりしてニュースに動揺し、急いで教会を飛び出し新聞を買った。そしてそこに書かれたニュースをむさぼり読みながら、村へと下る坂道を降りていった。その間に、僧院に残ったフランス人の旅行客たちは、騒ぎに乗じて、誰にも邪魔されずにゴシック様式のアーチが組まれた天蓋を開き、グラダツの聖なる女王の宝物をまんまと手に入れた。かくしてアンジュー家のヘレナの持参金は、フランスに返還されたのだった。

本当に、同じものがまったく同じ方法で守られもすれば、失われもすることはあるのだ。

(Чувар ветрова / Čuvar vetrova)

朝食

戦前の私は、サワーアップルティーで茹でたソーセージを朝食に食べるのが好きだった。一〇〇〇日続いた戦争が終わってベオグラードに戻るとすぐ、昔の仕事には見切りをつけて肉屋を開業した。ドルチョルにあるかなり広い家を借りたのだが、そこは、二つの通りに面していて、角を曲がる車が窓越しに二度、さらにミラー越しにもう一度、部屋の中を見ることができるような場所にあった。

借家の仕事場にいると、私は迷子にでもなったように感じた。ここにあるとはっきりわかるのはただ、なにかひんやりしたものだけだ。そしてそのひんやり感は私のもの、戦前のベオグラードにあった家から私が持ち込んできたものだった。というのも、戦前にも私はここ、ベオグラードのドルチョルに家族と住んでいたからだ。我が家のネコにお祈りのしかたを教えこもうとしていた妻と、三人の息子、それに冗談好きの父が一緒だった。息子は三人とも体が大きく、泣いただけでグラスが砕けてしまうほどだったし、父は顎鬚を長く延ばし、それで煙草に火を付けるような人だった。

けれどもこの中の誰一人としてもうこの世にはいない。新居に入るとまず私はテーブルの上に思い切り勢いよく——壁に掛けた絵がずれてしまうほどに——新しいクロスを投げて広げた。寝室のドアは、昔の我が家の寝室のドアと同じように、二重のガラス戸でできていて、ドアの中は本棚になっていた。引っ越すとすぐ、新居は、パンが夜のあいだに膨らんでしまうようなところだとわかったが、私には、もうパンはどうでもよくなっていた。それに、この家では、ものがすぐ消え失せることにも気がついた。また見つけるには一〇年かかる。でも、それもどうでもよかった。私にはいやというほど時間はあるのだ。グリーン・ゴールドの指輪をはめた手で、私はしゃにむに肉屋の仕事をこなしていった。まるでアヴァラの丘のふもとでシャカリキになって馬を疾駆させているようだった。(あそこではほんとうに戦時中、私の馬は後足歩行をし続け、その戦争はといえば、ちょうど私が銃弾にひっかかるまでの間続いたのだった)。

あの戦争は、私の人生の分け目だった。戦前に好きだったことと、戦後に好きになったことはまったく違ってしまった。戦前の私は骨痛に悩まされたが、除隊して帰ってからは、もう骨があるという感覚もなくなった。いったいどこに骨なんてものがあるんだか、さっぱりわからない。昔は白ワインが好きだったが、代わりに赤ワインを好むようになり、いつも満たしきれない渇きにおそわれた。その渇きは、朝ごとに若返り、以前は皿を挟んで向こう側にあったワイングラスが、今は、私と皿の間に置かれるようになっていた。もう犬も飼わなかったし、土曜日は家にじっとしていて、鍵部屋で鍵がガチャガチャ音をたてるのを聞くのが習慣になったが、助手のニコラ・パストゥルマツは、その音が聞こえるとひきつけを起こした。このニコラ・パストゥルマツは、戦時中の私の部下で、私と一緒に負傷し、今は仕事を手伝ってくれていた。ニコラは、ヤンコ・ヴェセリノヴィチ記念学校から帰る小学生たちがアカシアの枝をふりまわしながらジャンケン遊びをして騒ぐのを私が嫌っているのを知っていて、こう叫びながら子供達を追い払った——そんなことしてると何でも踏んづけるぞ、トゲだって、銃だって！

ニコラは毎朝来て、キッチンにあるツツジの葉をビールで磨き、それから私のベッドまで朝食を運んでくれた。戦前は、朝にはかならずサワーアップルティーで茹でたソーセージを銀の器に盛り付けて食べた。今もパストゥルマツが戦前と同じ器に同じようにアップルティーで茹でたソーセージを朝食に持ってきたが、もはや肉屋となった私はあまり美味しいとも思わず、たいていは手もつけずに起きてしまった。

それから、朝の仕事場に降りていって、常連のお客たちに、肉と一緒にあれこれとアドヴァイスを売りつけた。たとえば——人生の後半を手に入れたければ、人生以外のあらゆるものの前半に踏ん張らないといけませんよ——などといったものだ。

私たちの暮らしは軍隊にいたときのように、簡素だった。世間では、うちには火曜日と金曜日が来ないと噂していたが、私たちはばかばかしいと手を振って、晩になるとしずかに自分の鼻の先を見つめた。そこでは私の人生の夜という夜が、砕けていくのだった。使い終えたナイフと古いチョッパーにそっとフキンをかけ、それから『ポリティカ』に目を通して眉を動かした。昼間が次の昼間とうまくつながらず、とくに金曜と土曜の間には、裂け目のようなものができる、そんな感覚があった。

　こういった調子で、私たちは底が二重になった器のような、二重の時間の中で暮らしていた。ある夜——それはニコラ・パストゥルマツによれば、チキン・クリスマス〔クリスマスイヴの前夜〕だったという——私の記憶はこれまでになかったほどにとぎれとぎれでぼけていた。その夜、暗がりに横になっていると、なにかカチャカチャいう音が聞こえた。まるで誰かがグラスを軽くぶつけているようだった。私は明かりをつけ、部屋の中を一回りした。誰もいない。また横になった。するとまたグラスの音がする。それに、二つの骨が互いにコツコツとぶつかりあうような音。私は迷信深いほうではないが、耳の後ろの毛がざわつき、風に草がなびくように、背中のうぶげが波打つのを感じた。歯を食いしばって息をひそめると、話し声が耳にはいってくる。こんどは明かりをつけなかった。こっそり、入り口や窓、それに、焚きつければすぐ火を起こせるように口を開けてある暖炉のところで聞き耳を立てた。違う。やっと私は、軍隊で暗がりの中を歩いたやり方を思い出した。目をつぶり、右手を伸ばして音のするほうに足を踏み出す。秋だった。それは名前にRのない月からRのある月に変わるころ、真実の時がやってきて、ワインを水で薄めて飲むのをやめる時期だった。指先を伸ばしたまま、私は話し声のする方向に進んだ。そして手がなにか冷たく、つるつるしたものに当たったところで立ち止まり、目をあけた。そして見た。

目の前にはガラスの二重になったドアがあり、そのドアに、テーブルについた五人の人影が映っていた。見ると女が一人と男が四人、ドミノ賭博をしている。ときおりグラスをカチンと合わせ、その音がおしゃべりとまざって部屋に響いた。みんなタバコをすっていて、テーブルの上にともされたロウソクが煙を吸い込んでいた。このガラス戸に映っているものはいったい何だろう、私はそう思ってふり返ったが、こちらの私の部屋の中には誰もいない。もちろんドアの手前には、ガラス戸の向こうと同じようなテーブルと椅子、それにほかのものはあったが、ドミノ賭博をしている連中も、象牙のサイコロもない。ワインも。私の部屋のテーブルには、まだ来ぬ客を待ち受けているかのようにクロスがかかっていて、たんすの上のロウソクには火がともっておらず、ドミノ遊びの箱は蓋がしまっている。

——尻尾で小便をするやつがいたら、そいつはサタンだ——このことわざが頭に浮かび、軍隊式の突撃用コンチクショウを口から吐き出して、私はドアを勢いよく開けた。とその瞬間、ガラス戸の中でガラガラとものが崩れるような騒音が響き、ここで私は初めて、自分の部屋の二重戸の前で大声をあげた。でも薄闇に包まれたガラス戸の中にはただ、どれほどの間かわからないほど長いこと誰も手を触れていない、ほこりまみれの本があるばかりだった。大急ぎで戸をしめ、ガラスの向こうで賭博遊びをしている連中の様子を覗き込んだ。

——亡霊どもめ。連中はこっちのことを全部知っているのに、こっちは連中のことを何も知らないとは！——連中は、私がいきなり戸を開けたときにひっくり返したロウソクをもとに戻し、またガラス戸の中でなにかぶつぶつ言いながら火を灯した。私にはまったく気づいていない。私はその夜、丈の長いガウンを着て、ベッドにちょっとした苔が生えて育つくらい長い間、立ったままドミノゲームの進行を見守った。テーブルの上のものの配置、老人に女性、それに三人の若者。その中に知った顔はなかった。ふと私は気がついた。この位置からだと、ゲームをしている中の誰かの手がすっかり読めて、ゲームの展開がどうなるかわかる。

——馬の片目でじゅうぶんだ——そう呟きながら私は初めて女に目をやった。彼女はテーブルを挟んで向こう側に座っているので、ドミノの手はこちらからは見えない。胸が大きく、見るからにいつも粉をこねているようだった。ドレスの胸のあたりが擦り切れて、当て布があてられていたからだ。彼女が話すのが聞こえた。……あらごめんなさい。私、ちょっとやり方が違うけど、上がりよ。寝ている間に、私の悲しみと不幸せは汗と涙とよだれになって枕に流れ出ていく。でも朝になるとひどい匂いがするのよね、特に悲しみはひどくて。それで枕を洗うわけなんだけど……。

私は女に好意をもち、彼女を注意深く観察しはじめた。とくにバラ色の頬と目の中に輝いているものを。私は彼女に合図をしてみた。私たちがチームメイトだということを示そうと思ったのだ。気をつけて、と知らせるために、時計が鳴る時を待って、それと同時に自分の指輪でガラス戸をコツコツと叩いた。すると突然、ものが砕ける音と誰かの罵り声が聞こえた。賭博師たちは大急ぎでさよならと言い、それからバラバラに消え去った。テーブルの上には砕けたグラスだけが残っている。ひどく混乱しながらも、私はしばらく聞き耳を立てていたが、ロウソクだけがまだガラス戸の中で燃えていて、そのために私は眠ることができなかった。二重になったガラス戸はもう空っぽで、何も音を立てなかった。

亡霊どもは、ロウソクを持って行くのを忘れたのにちがいない。私はロウソクを吹き消しに行きたかったが、無理だと気づいて、自分の部屋のロウソクに火をつけた。そうするとその時、ガラス戸の中のロウソクが倒れ、もうその後は、その夜も続く何日かの夜も、本棚になった二重のガラス戸の中では何一つ起きなかった。ただ次の晩、ゴキブリが棚のすみでまつげのような足をゴソゴソと動かして這い回っていただけだった。

けれども次の木曜日になるとまた同じことが起きた。まるで連中がガラス戸の向こうでドミノゲームをする約束をしていたかのようだった。私はまた真っ暗な部屋の中でナイトガウンを着てガラス戸の手前に立ち、ドミノゲームの様子を覗き込んで、あの見知らぬ女に合図をした。この時も彼女は私に気がつかなかった。けれどもあきらかに彼女は勝っていた。ゲームの途中で彼らは銀の器に入れたワインを持ってきた。見るとそれは、いつもパストゥルマツが土曜日の朝、私の朝食を盛ってくる器、そしてこの部屋にかかっている器だった。銀器の周りには、金で縁どられた五つの赤いカップがついていて、彼らはそれでワインを飲みはじめた。これを見た私も、急に喉の渇きを覚えた。この渇きには飢えも隠れている。私も自分のグラスにワインを注いだ。けれども喉の渇きはおさまらない。

それから気がつくと、私も金の縁のついた赤いカップでワインを飲んでいた。六番目のカップだ。連中こそが私の渇きの原因だったんだ、そう思いながらもう一杯あおると、目の前で、彼らの器の中のワインの量が、ちょうど私がグラスで飲んだ量だけ増えるのが見えた。さらにもう一杯飲み干すと、向こうの器の縁からは赤ワインが溢れ出た。彼らはいきなり立ち上がって、お互いを非難しはじめた。誰かが押して器をひっくり返したと思ったのだ。そのさわぎの最中で、誰かが私の名を口にするのが聞こえた。私の本当の名前だ。三人の若者のうちの誰かがはっきり、口にしたのだ。それからまた彼らは、ちりぢりになった。

私はベッドに横になったが、喉が渇いて眠れなかった。真夜中に、右手に奇妙な物を持っているように感じたが、何を持っているのかわからなかった。それから頭を上げてみた。すると右手で自分の左手を握っているのだった。そこでふとある事が頭に浮かんだ。その夜、女がドミノ賭博で受け取った三、〇〇〇ディナールのことだ。それを思い出して、スリッパを履き店のレジのところに行った。鍵を開けて売り上げを数えると、ちょうど三、〇〇〇ディナール不足していた。――思ったとおりだ。

私は次の木曜日まで待つことにして、二階のベッドへと戻った。白黒をつけてやる。ワインと売り上げの分を請求しなくては。連中がドナウ川に毒をまこうが、私の知ったことではない。でも私のものに勝手なまねはさせない。

次の木曜日、私はまるで自分もドミノ賭博をするかのように、ドアのそばに椅子を置いた。そして亡霊どもが現れるとすぐに、テーブルについている老人がドミノで負けているのに気づいた。初めて彼をこれまでより注意深く観察した。白髪頭で、しわだらけのまぶたはひびの入ったクルミの殻のようだ。びっくりしたことに、老人は長い口髭を芯にして女のタバコに火をつけてやった。長く煙を吐き出す女の手にはグリーン・ゴールドの指輪が見える。今回は、彼らはドミノ賭博をやっていなかった。ドミノはテーブルの上に見当たらず、全員がいたわけでもなかった。

――誰にわかるもんですか――煙の向こうで女は言った。

――俺たちにもわからんな――老人は答えた。それから女は手を差し伸べて、ガラス戸の中の本を一冊手に取った。彼女が本を開きページをめくるたびに、扉の蝶番《ちょうつがい》のようにページがきしむ音が聞こえるようだった。

＊　＊　＊

それから午前〇時が鳴りはじめた。私はびっくりした。少し前、ここの部屋の私の時計は一時五分前だったからだ。けれども今、両方の時計の針はぴったり重なり、こちらの部屋の時計が黙っている一方で、ガラス戸の向こうの賭博師たちのテーブルの上の時計は、時を告げている。私はぞっとした。けれども計画をあきらめるつもりはなかった。まるでひどく酔っ払ったように、一日中気分が悪かったんだ――私は思い出した――きっとゆうべ、誰かの夢の中で拷問にかけられていたんだろう……。そう思いながら私はガラス戸を開けた。こんどは本棚が跡形もなく消えていて、目の前にある寝室は私のものと同じだった。ナイトスタンドはなく、本だけがテーブルの上にある。ロウソクはそこだけを照らしていて、部屋の残りの部分は暗闇の中だった。私は燭台を動かして部屋を照らそうとしたが、手に取れたのはロウソクだけで、光そのものは、もとあった場所にとどまってびくともしなかった。それで私は、部屋のいちばん暗い隅に目を向けた。そうして口が沈黙に慣れるように、目が暗闇に慣れると、すぐに、むこうの私の寝室にあるベッドと同じベッドが見えた。そしてそのベッドには、ドミノゲームで一人勝ちし、本棚の本を読んでいた女がいた。彼女は今、三つ編みにした髪を口にくわえて寝ていた。私は彼女に近づいた。ブーツを脱ごうとしたが、左足はむくんだようになっていたので右足だけ脱ぎ、片方のブーツをはいたまま女性に寄り添ってベッドに横になった。彼女は目をさまさず、夢みごこちのまま私を受け入れた。キスで燃え上がったような歯の熱気が伝わってきて、私は驚いた。けれども渇きのほうが恐怖より強かった。彼女の暖かい胸に手をおいて体をぴったりくっつけるとすぐに、渇きが消えていくのがわかった。そうして横たわっているとふいに、左足のブーツの中に暖かくて粘り気のあるものが満ちてきた。それは女の体から流れ出て、流れ出れば出るほど、ブーツの中にその暖かいものが増えていった……。

また誰かが、ドアをノックして部屋に入ってきた。額に毛がもじゃもじゃ生えた闖入者《ちんにゅうしゃ》は、白いコートから足を突き出していた。毛むくじゃらの足の爪は指に食いこんでいて見えないが、床を引っ掻いている音は聞こえる。まつげのない目はまばたきする唇のようで、まるでなにか噛んでいるようだった。じっさい、目はどこにもなく、顔にあるのは三つの口で、それぞれの口から舌がのぞいていた……つまりそこには、ニコラ・パストゥルマツが立っていたのだ。

出てってくれ！　私は叫んだが、パストゥルマツは脇に抱えたものを指し示しただけだった。彼はオンドリと新聞を抱えていて、オンドリは首を伸ばしてあくびを始めた。一回、二回、三回とオンドリがあくびをするとそのたびに、くちばしの間から小さな明かりがちらりと漏れた。それからオンドリがいよいよコケコッコーと夜明けを告げようとしていることに気がつき、それを聞かないですむように、もう一度一緒に寝ていた女の熱い歯にさよならのキスをしてベッドを出た。すっかり満ち足り、酔いしれて。私は静かに自分の部屋に戻り、パストゥルマツにもう寝ていいと言いつけ、ベッドに倒れ込んで考えた――この一連のことには合理的な説明が必要だ。誰にとっても受け入れ可能で明らかな説明が。そんな思いで左足のブーツを脱いで、トレイの上に載せた。ブーツの中は暖かい女の血でいっぱいだった。

肝心なのはつまり、がぶがぶ飲む代わりに、ちゃんとした人間らしい朝食をとることだ、私はそう思いながら心安らかに眠りについた。

次の夜、私はもう一度女に会いたいと思って、ガラスの二重戸のところにいそいそと行った。女はガラス戸の向こうにいた。まるで四つの月光に暖められているように女は美しかった。また何か読んでいる。あなたは誰なんだ？――私は彼女に問いかけた。なんと、奇跡のように、彼女から答えが返ってきた。

――私はただ一人しか存在しない人間です。今、手に三つの鍵を握っている女。あなたの本と、その本の中にあるあなたの「朝食」という話を読み、そしていま次の文章を読んでいる女です――「今から私はサワーアップルティーで茹でたソーセージを食べる」。

(Доручак / Doručak)

ボスニア・ヘルツェゴヴィナとの境に位置する、あるボゴミール教徒の地では、ミツバチを敬い、蜂の巣を埋葬する。その地から一五八七年、ピレ山にあるドゥブロヴニク司教座の修道院『小さな兄弟たち』に、一人の鍛冶屋の息子が連れてこられた。鍛冶屋にはこの修道院で暮らす血縁者があり、その者が、自分が死んだら魂の救済のために鍛冶屋の息子をボスニアからアプーリアのバールにある聖ニコラ修道院まで、巡礼に出してほしいと遺言を残して死んだからだった。けれども少年は遺言に反してこれを拒否し、ドゥブロヴニクに留まって僧籍に入った。『聖マリア・マッジョーレ大聖堂法文書集（Acta Sanctae Mariae Majoris）』のXVII,75.2130A/2と整理番号をふられた一六一七年八月一八日付けの記録には、本人自らの証言によるものとして、若きラヂッチ・チホリッチ修道士は、ドゥブロヴニクにも、また僧房を得たフランシスコ会派の修道院にもすぐに慣れたが、ただ修道院の中ではいつも、生まれ故郷の思い出にと、指の間でひそかに一固まりの蜜蠟を揉みほぐしていたと記されている。それで何をしようという目論《もくろ》みがあったわけでもなく、知らぬ間に彼は、蜜蠟を使ってたまたま手にした鍵の型を取るようになっていた。遊びはやがてすこしずつ情熱に変わり、頭の中で一つの考えが形をなすと、それは時とともに、入念に練られたシステムへと発展していった。はじめは修道院の僧房から僧房へ、ついで鍵部屋から鍵部屋へ、さらには家から家へと、誰にも見られず発覚することもないありとあらゆる方法を考えながら、ラヂッチ修道士は鍵の型をとりつつ前進していった。取った型は夜のうちに注意深く鋳出して自分の僧房の大きな扉の裏側にぶら下げたが、そこには町の詳細な地図が描かれており、鍵のためにあらかじめ決められた場所に番号が書き込んであった。一六〇四年にはすでに、町の反対側のドミニコ会修道院と王宮の扉にまで到達し、一六一七年八月のある晩、ついに彼の長年にわたる苦労は成功裏に最後の時を迎えた。プレーコにある小さな店の錠前から取った型で作った鍵が、扉に吊るされたのだ。これで全部だ。ついにドゥブロヴニク中の鍵という鍵がそろった。『聖マリア大聖堂法文書集』にも記されているように、この時彼は、これらの鍵を試してみようと決意した。残らず、順番に。最後のものから始めようと心に決め、鍵によく油をなじませると、巡回に出かけた。

プレーコに到着すると、ラヂッチ修道士は好奇心と恐れに身を震わせながら、件《くだん》の店の戸の前に立った。店からは、かすかな明かりが覗いて見える。自分の新たな運命が開け、大きな町の、見ず知らずの赤の他人の生活の中にこっそり立ち入る機会が初めて与えられる時が来たのだ。彼は鍵を取り出し、用心深く、そっと錠に差し込んだ。音もたてずに鍵は回り、扉が開いた。

店の奥では、裸足の娘がうつむいて座り、垂れた髪の中で泣いていた。娘の前には三脚台にのせた農民靴があり、靴の中には小さなパンがつっこまれ、つま先に突き立てられたロウソクが燃えていた。娘の髪の下からは、裸の胸が覗いて見えた。胸には一対の目とまつげと眉があり、黒く濃い乳が滴っていた。娘はパンをちぎっては膝の上に並べ、パン切れが娘の涙と乳でふやけるとそれを自分の両足の前の床に投げた。足は娘の倍ほども老けていて、指の爪のかわりに歯が生えている。足の裏を合わせ娘はそれらの歯で投げたパン切れをがつがつと噛むのだが、飲み込むすべがないために、噛み潰されたパンの固まりが娘の周囲の埃の中にちらかっていた。

「魔女だ！」ラヂッチ修道士の叫びに、ちょうどプレーコを通りかかった夜警団が駆けつけ、作業中の魔女と、店の前ですっかり固まって半死状態になっていた修道士を捕まえた。夜警団は、不浄な場所を外の世界から隔離するために入り口の石の敷居を崩し、修道士を『小さな兄弟たち』修道院に連れていった。魔女は共和国の大評議会に引き渡され、大評議会から聖マリア・マッジョーレ大聖堂の法廷へと引き出された。

女は、五年前の一六一二年にチェピクーチェに現れ、スラノの公によって魔術使いとして糾弾されてドゥブロヴニクの大評議会に送られてきた、ヘルツェゴヴィナ女と同じ魔女であることが判明した。その時にはアプーリアに留まるよう審判が下されたのだが、女はご覧のとおり、舞い戻ってきたのだった。この一六一七年、再び審問に引き出された女は、常ならぬ弁明をして大聖堂法廷の司教と世俗の評議会議員たちをひとしく混乱に陥れた。ほかの者とは違い、女は、魔女であることを否定せず、ただ自分は東方世界の地下、かつてのビザンツ帝国領内の魔界、正教会の地獄に属する者だと主張した。女が言うには、東西教会の境はスルジャの山を通ってドゥブロヴニクへと下り、プレーコの下で海水と陸の真水が混ざり合うちょうどその地下の境い目を走っている。たまたま異教の領域で捕えられてしまったけれど、だからって『小さな兄弟たち』の修道士やその他の西方教会の人たちに私を裁く権利があるってことにはならないわね。東方教会の代表者に裁判を認証していただきたい、その人の審問権の有効性しか認めないから、女はそう要求したのだった。さもないと、西方教会の代表者がひょっとして東方教会の側に捕えられて、正教の宗教裁判にかけられることだってあるかもしれないわよ。

この種の議論にまったく不慣れだった大評議会の裁判官たちは、危険を冒さないことにした。折しもその時ドゥブロヴニクには、共和国の来賓としてアトスのヒランダル修道院と聖パヴロ修道院の聖山僧たちが滞在していた。まだセルビア王国時代だった一四世紀、ドゥブロヴニク共和国はセルビアのドゥシャン王、ついでウロシ王の定めた法に従って、アトスのセルビア「聖共和国」に対し二年ごとにヴェネツィアのペルペリ金貨で納付金を支払うものと定められた。セルビア王国はとうの昔に消滅し、聖山さえもがトルコ人の支配下にあったにもかかわらず、一六一七年のドゥブロヴニク市民は、相変わらず、先祖が二〇〇年以上も前に義務づけられたのと同じ義務を果たそうとしていた。つまり、一年おきにヒランダル修道院と聖パヴロ修道院は、納付金を受け取るためにアトスから二名の使節をドゥブロヴニクに派遣し、ドゥブロヴニクの出納官吏はこれに対して金貨を半分に割って一方を自分で保管し、残りの半分をさらに半分に割って二人の使節それぞれに渡すのだった。使節たちは二年後、新たな使節役の二人にこれを渡す。アトスからの使節たちは全権委任状の代わりにこの四半分の金貨をドゥブロヴニクで示し、出納官吏の保管していた半分とつきあわせる。もし縁がぴったり合ってコインが一つになれば、次の納付金は遅延なく支払われた。というわけで、一六一七年に『ロウソク』（ドゥブロヴニクではこの納付金をそう呼んでいた）を受け取りに来た僧の一人も、聖パヴロ修道院の修道士だった。彼は、聖マリア・マッジョーレ大聖堂の法廷に出頭し、ヘルツェゴヴィナの魔女の裁判を認証するよう依頼された。聖山僧が到着した時、市内にあるオルランドの柱に一日中立ったまま縛り付けられていた魔女は、力尽きる寸前だった。女は一つだけ質問させてほしいと頼んだ。それは次のようなものだった——

「あなたは、修道士さま、あなたの教会が三三三年後にもまだ存在し、今日と同じように審判を下すことができると、信じていらっしゃる?」

「もちろん、信じておりますとも」聖山僧は答えた。

「ならそれを証明してちょうだい。今から三三三年後の同じ時刻、晩餐の時刻にここで会いましょう。その時、今私を裁こうとするのと同じように裁いてごらんなさい」

西方教会の代表者たちの前でうろたえた様子を見せたくなかった聖山僧は静かに、いいでしょう、と答えた。修道士が予審を認めなかったので、魔女は聖ヴラフ教会の前のオルランドの柱に縛りつけられたままもう一日を過ごした後、釈放された。僧房に何千という鍵が見つかったラヂッチ修道士の方は、罰としてアプーリアのとある修道院に追放された。一方彼の作った鍵は、小さな印をつけられ、手につけたまま使えるようにと指輪の形に細工されて、一九四四年まで広く使われ続けた。

さてこの一九四四年、ドイツ軍はクレタ島とギリシャから退却しはじめたが、急な撤退で持ち去ることのできなかった装備類をドゥブロヴニクの上の岩山に残していった。その中に、大きな土木工兵用の動力車があった。ドイツ軍の最後の部隊が姿を消してから、パルティザン船の最初の数隻がドゥブロヴニクの港に姿を現すまでの間のある夜、スルジェから村人たちが降りてきて、車を壊し解体した。やがて夜が明けるとその場所には、持ち帰って何かに使うにも大き過ぎたのだろう、巨大な黄色の車輪がただ一つ残されただけだった。車輪は一九五〇年まで、風雨にさらされて岩山の上にあった。この年、学校を終えたばかりの若い地元の教師が、ドゥブロヴニクのホテル『エクセルシオール』のすぐ隣にある『ロザリヤ』というヴィラの中に設けられた接客業専門学校に、教員として就職した。市内にすぐアパートを見つけられなかったので、彼はスルジェを越えた反対側の村に一室を借り、毎晩ドゥブロヴニクの丘陵を下宿まで歩いて帰った。下宿の女主人への支払いはさしたることもなかったが、家賃の請求が月末でなく月の中旬に来るのが気に入らなかった。村に越してきた新しい住民の何軒かが古い正教の暦を使っていて、彼の大家もその一人だったからだ。村人の中には、ドゥブロヴニクで鐘が鳴り響く時刻と、ほぼ同時に村で聞こえるヘルツェゴヴィナの正教会の鐘の時刻は同じでないときっぱり言う者さえあり、教師もまた、大家の婦人が家の時計がどの鐘に合っているかを即座に見分けるのに気づいて驚いた。もう一つ不都合だったのは、村にある下宿まで丸一時間歩かなければならないことだった。まさにこのために彼は、プローチェ門からスルジェの頂上までのちょうど中間で一休みし、岩山に占領時代からずっと残されたままの大きな黄色い車輪の上に腰掛けるのが常となっていた。ある晩、町からの帰り道、眼下にプローチェを眺めると、道路と家と自動車で覆われ、海に向かって下降している斜面で、子供たちが黄色の車輪の上で体を揺らして遊んでいるのが見えた。車輪のところまで降りていくと、彼は自分も少しばかり揺らしてみようと決めた。それは楽しくて、びっくりするほど簡単だった。だが車輪はすぐに勢いを得て、ある瞬間、いきなり彼を放り出し、まっすぐ起き上がると崖の反対側へと向きを変えた。驚いた教師は車輪を押さえようとしたが、車輪は大きな石にぶつかることもなく、直立したまま斜面を転がりはじめ、速度をだんだんと増していった。教師は気が変になったかのように叫びながら車輪の後を追って走ったが、車輪は間もなく視界から消え、転がり落ちる速度と重さで町の入り口に激突した。しばらくの間、石が砕け散る音のほかは何も聞こえなかった。やがて、遠くはるか足下の海岸の方から轟音が響き、すぐに静まった。教師は恐怖のかたまりとなって、今来た道をドゥブロヴニクのプローチェ門まで駈け戻った。けれども門を行き交う雑踏に変わった様子はない。慌てて尋ねまわっても、何もわからなかった。その夜はまんじりともせず、翌朝夜も明けやらぬうちに彼は町に出かけて新聞を買ったが、新聞にもプローチェ門で事故があったとか、まして何かの犠牲者や、死者があったなどといったことは一言もなかった。

それは教師にとってまったく予想外のことで、その果てしない不可解さに彼はただ凍りついた。

一九五〇年の秋が来たが、やはり何もわからなかった。教師は、市場の周りの飲み屋やプレーコの『ルーヤク亭』といった、町の近郊から人々が集まる店に出入りし、自分の軽率な行為がどんな事態を招いたかについて何かわからないかと客たちの会話に聞き耳を立てた。そして事態がそのうちおのずから明らかになるだろうという望みをほとんどなくし、何かの処罰のために呼び出しが来るのを覚悟しはじめたある朝、偶然聞いたミサ帰りの婦人たちのおしゃべりから、すべてが明らかになった。

一人の婦人が連れに、何週間か前だけど、悪魔に夕飯をかまどごと盗まれたのよ、と話していたのだった。婦人は町のはずれ、プローチェ門の下の小さな家に住んでおり、家の中庭には夏用の台所があった。その日の夕方、赤葡萄酒――これは別名「ウサギの血」という――を暖めておこうと瓶をかまどの中に吊るして、いつものように茹でてサラダにしようとタコも火にかけて、お隣にちょっとおしゃべりに出かけたわけよ。で、帰ってみたら、台所には夕飯もかまどもないじゃない。ただ大きな穴が屋根に一つ、壁にも一つ開いていて。あれは魔物が通り過ぎて、跡を残していったんだわ。話を聞いた教師は生き返った思いだった。息を殺してプローチェ門まで婦人を尾行し、後に続いてその家まで降りていった。そこで立ち止まり、あたりを見回した。一目瞭然だった。塀の上に、岩の破片が見えた。車輪が転がり落ちた場所にあったものだ。海岸の真上にある夏用の台所の屋根と壁にはそれぞれ円形の、新しく覆われ作り直された箇所があった。この展開に教師はすっかり心が晴れて、今にも舞い上がりそうな気分になった。久しぶりに海岸を散歩して一日を過ごし、憂いを晴らしたその場所から五キロほど離れた所まで行って、一休《ひとやす》みしようとベンチに腰掛けた。視線を下に落とすと、海はすばらしい透明度で、すぐに、岸に間近い水底に沈む黄色いものが見えた。目をよく凝らすと、大きな黄色い車輪だった。間違いない、車輪はプローチェ門ではなく、ここで海に至って岸から転がり落ちたのだ。

　教師はまたもや完全にわけがわからなくなった。ぐったり疲れて家に戻ると、絶望的な気分で、初めて大家を相手に一部始終を語った。車輪がプローチェからあんなに離れたところで海に落ちたのでなければ、すべてつじつまが合うんだ、まったく信じられないですよ。

「それはね」老婦人は答えて言った。「あなたが旧暦でなく、新暦で距離を計算したからですよ」

「あなたの忌々しい暦とぼくの五キロに、いったいどんな関係があるっていうんですか」いらだって教師は叫んだ。

「どんな関係があるか、ですって？」大家の老婦人は目を丸くし、暖炉の上の棚から一冊の本を取り出すと教師の鼻先に突きつけた。それはアインシュタインの『相対性理論』で、表紙には、市場のレタスやタマネギの代金の計算が書き込まれていたが、その中に下手くそな鉛筆書きの短い足し算の式があった——

$$\begin{array}{r} 1617 \\ +333 \\ \hline 1950 \end{array}$$

(Вечера у Дубровнику / Večera u Dubrovniku)

沼地

一〇月がこんなにしょっちゅうやってくる年なんて、なかった。まだ、もうちょっと、そう思っている間に、ほらまた来た。予定より早く、もう三度め……。

アマリヤ・リズニッチ嬢は、お気に入りのセーブル焼きのカップに顔をうずめて、ドイツ語でこうつぶやいた。彼女の家では、いかにも穀物商の家庭らしく、この一世紀の間、秋はドイツ語、冬はポーランド語かロシア語、春はギリシャ語、そして夏の間だけセルビア語を使っていた。けれども彼女の心の中では、季節は一つの終わりのないものになっていた。これまでの過ぎ去った季節とこれから来るはずの季節がくっついて、ちょうど一つの飢えが次の飢えにつながるように、春はまた春へ、ロシア語はロシア語へ、冬は冬へと続く。ただこの夏、いまちょうどリズニッチ嬢が閉じ込められている夏だけがこの連鎖からはずれて、ほんの束の間、暦の中の春と秋の間、ギリシャ語とドイツ語の間に、仮のすまいを求めようとしているかのようなのだった。

アマリヤ・リズニッチという名は、家族の中では二人目で、祖母からはジェヴスキ伯爵家の血を引いていた。一八世紀ポーランドで文人や官僚を輩出し、一九世紀には美しく誉れ高いご婦人たち、その髪やドレスがいまも博物館に陳列されている女性たちによってその名を知られた、かのジェヴスキ家である。* 最初の、つまり初代のジェヴスカ嬢は、エヴェリナという名で、まずハニスキ某という男と結婚し、それからフランスの小説家オノレ・ド・バルザックと再婚した。** 次のジェヴスカ伯爵令嬢、つまりハニスキ＝バルザック夫人の妹は、カロリナといって、ごく若くしてソバニスキ家に嫁いだのだが、結婚生活に長くは耐えられなかった。一八二五年、妹である三番目のジェヴスカ嬢の住むクリミアのオデッサに滞在していたとき、彼女は詩人アダム・ミツキェヴィチと出会った。そして詩人はカロリナ嬢にこの上なく美しい愛のソネットを捧げたのだった。その詩は、アマリヤの母の時代にはまだ、家庭のいろいろな書類の間に挟まれていたのだが、やがてアマリヤが、自分のメニューのコレクションを製本しようとしたときに、祖母のために書かれたその詩も一緒に綴じられる運命になった。というのも、その詩は、一八五七年に催されたどこかの晩餐会の料理のレシピの裏側に書かれていたからだった。ソバニスカ婦人と詩人の出会いの場を作ったジェヴスキ伯爵家の三番目の令嬢（アマリヤの本当の祖母）のパウリナは、船主で商人のヨヴァン・リズニッチの二番目の妻となった。夫の方はこれまた、一八世紀に北方と東に商売のネットワークを広げ始め、バチカに土地を買い占めてウィーンに君臨するようになった、ボーカ出身の富豪リズニッチ家の一員だった。かの、日のまだ高いうちは必ず目をつぶってワインを飲んだリズニッチ家、その起こりはといえば、にっこり微笑むたびに愛しきご婦人方からドゥカート金貨を巻き上げた麗しき祖先にたどり着く、かのリズニッチ家である。世紀が変わる頃、リズニッチ家の新しい世代は、増大していく自前の船団を監督できるようにと、ウィーンからトリエステに転居した。そういうわけで一九世紀の初め、ヨヴァンの祖父がまだウィーンか、でなければバチカの所領のどこかで寝起きしている間に、ヨヴァンの父ステヴァンはもう、トリエステのセルビア教会地区のために、金で縫い取られた聖スピリドンの旗を買い、五〇の旗を掲げた自分の船団と、それと同じ数だけの家を擁して、トリエステの運河のほとりに居心地のよい住処を構えていたのである。

＊（原注）エカテリナ女帝の将軍で、また作家でもあったセルビア人のシメオン・ピシチェヴィチは、このジェヴスキ伯爵家の父子を一七六七年にワルシャワで逮捕して牢獄行きにしたのだが、これは彼らがポーランド併合に反抗したためだった。とはいえ、この併合の件については、ピシチェヴィチ自身も特段、賛同していたわけではなかった。

＊＊（原注）バルザックとジェヴスカ伯爵嬢が交わした書簡はパリで一九六九年に刊行されている。

「恐れながら陛下、ここに、わずか五〇ばかりの家を持つに過ぎない貧しき者を陛下にお引き合わせいたします」へ、一八〇七年、トリエステの知事は、ステヴァン・リズニッチがハプスブルク総督ルートヴィヒに謁見した折に、このように紹介した。

ステヴァン・リズニッチとともに、ウィーンからトリエステへはまた、リズニッチの祖父のあの有名な「二重関税」の笑みも一緒にもたらされた。その笑みはそれ以後、家族に代々受け継がれたが、これは普通の遺伝とはわけが違い、家族のすべての男性のみが、学んで受け継いだものだった。もう一〇〇歳を超えるこの笑みは、家族の中では冗談まじりに「カラフィンドル」と呼ばれていた。ちなみにこれは、酢とオイルを入れるテーブルウェアをさすことばである。

こんな笑みを自家ブランドとして口元に浮かべ、トリエステのリズニッチ家の人たちは、家の後継ぎのヨヴァンの家庭教師として文筆家のドシテイ・オブラドヴィチ（一七三九―一八一一）を雇い、少年のために本や辞書、暦などを定期購読してやり、それから彼をパドヴァやウィーンに留学させた。そして彼はウィーンで、最初の妻となる女性と出会った。その当時のリズニッチ家の人々は、バチカから穀物を買い付けて全世界に売り出し、とくにオデッサとの結びつきを強めていた。ヴェネツィアの劇場に出入りしては、誰が何に手をのばし、どうして笑うのかをとくと監視していたオーストリアの密偵たちは、リズニッチ家が、南ロシア軍への物資供給で稼いだお金で一八〇四年のセルビア蜂起を助けていたことをよく知っていた。ロシア軍との取引がどんどん拡大していったので、若きヨヴァン・リズニッチはまもなく、オデッサに、リズニッチ家の商業網のために、先端がとがって突き出た港湾を建設し、そこを本拠地とすることに決めた。そのリズニッチ家の船がずらりと停泊するオデッサといえば、雨が降ると歩行器なしには通りを歩けないほどに泥だらけになる町だった。実際オデッサでは、その頃に、音がよくこだまする石の舗道が作られている。

一八一九年には、リズニッチは、自分の船にイタリアの歌劇団をまるごと乗船させた。メンバーはと見れば、外洋ではテノールに声変わりしてしまうバス歌手と、急に声が出なくなって陸にもどってくれと言い張るテノール歌手、それにすっかり怖気づいてドメニカ・カタラーニを真似るのをやめてしまったソプラノ歌手、さらに、オデッサに到着してようやくしらふにもどった指揮者と合唱団員たちという顔ぶれだった。このうえなく美しく、またそれと同じくらい病んでいた妻の気晴らしのために、ヨヴァンはオデッサにオペラハウスを建設し、そこでは主にロッシーニが上演された。そしてリズニッチ夫人のぜいたくな桟敷席には、オデッサ中の若者が出入りしたが、彼らの真のお目当てはシャンパンだった。

さて、この美しいツィンツァル生まれのご婦人には、有名な祖父がいた。それはフリストフォル・ナコー伯爵で、農民たちをヒゲで縛り首にし、領地をかつてのアヴァール人の都があったバナトに持っていて、ピックで叩いたところにはどこでも「アッティラのお宝《リズニッツァ》」の金杯を見つけた人物だった。葡萄畑の垣根を作っていたときには、純金製の壺やら盃、水差など二ダース分が見つかった。結婚してリズニッチとなったアマリヤ・ナコー嬢がどんな外見だったかは、ロシアの詩人アレクサンドル・プーシキンの描いたデッサンで知ることができる。詩人自ら彼女のオデッサの桟敷席に足を運び、その様子は『エウゲニー・オネーギン』にも歌われている。* 親指に指輪をはめた詩人は、オデッサでいくどもリズニッチ嬢に捧げる詩を書き、それらの詩はプーシキンの恋愛詩集に必ず収録された。彼女が亡くなったさいにも詩人は追悼の詩を作り、そこでは「オリーブの影は水面にて眠り」と歌われた。アマリヤの死後、ヨヴァン・リズニッチは次の妻を娶《めと》って心を慰めた。今度の妻が先に述べた、ジェヴスキ伯爵の一番下の娘、パウリナだったのである。

＊

この二度目の結婚で生まれた、リズニッチの孫娘にあたるアマリヤ嬢は、半祖母の、ナコー家のアマリヤから名前を、バチカのリズニッチ家から財産を、そしてほんとうの祖母である伯爵夫人パウリナ・ジェヴスキからは美しい容姿を、受け継いだ。たいていはウィーンかパリに住み、いつも、いい香りのするガラスでできたオペラグラスを持っていた。お皿の上の料理の食べ残しには、侮辱にならないようにと十字を切ったが、じつは床に落としたスプーンがお気に入りだった。フルートも吹いたものの、彼女のフルートは音が遅れて伝わる木でできているとされていた。みんな冗談で、こう噂したのだった——木曜日に吹けば、音が出るのはやっと金曜日の昼食の後、そう決まっているんですよ……。

「食べ物だけが友達」——そうリズニッチ嬢は、友達にいつも言って回っていた。そしてほんとうに彼女のウィーンの書庫は、まるごと、味と香りの錬金術のために捧げられていた。天井までの壁を埋め尽くしていたのは、美食の技の歴史の書物、食べ物に関係した宗教上のタブー、たとえばピタゴラス教団におけるコケ食の禁止や、キリスト教の断食、イスラームの豚肉と酒に対する禁忌などについてのさまざまな論考、食の象徴性やワイン作りの秘訣についての専門書、魚の料理法、家畜の増やし方や、食べられる草の標本の製作方法などのマニュアル本だった。とくに重きをおかれていたのが、神話上の生き物の食餌のメニュー、古代世界における真珠やそのほかの宝石の食べ方のメモや、食べ物として捧げられた儀式上の生贄《いけにえ》についての手書きの辞書だった。セルビアがトルコと戦っていた最中には、ブダペシュト中の本屋や新聞の編集局に、軍の食料補給部隊を描いた版画のコーナーが特設されたものだが、これはリズニッチ嬢が自腹を切って、ポーランド軍の前線に食料配給所を作らせていたためで、そこではセルビアとロシアの兵隊のために、彼女自身が作ったメニューが出されていた。というわけで、ヴァイオリニストなみのレッスンと、錬金術師顔負けの記憶力を必要とする、第

＊（原注）プーシキンによるアマリヤ・リズニッチのデッサンは、かつてのツァールスコエ・セロー・リツェイ、現在はペテルブルク近郊のプーシキン市の博物館にある韻文小説『エウゲニー・オネーギン』の手稿に描かれている。

九の技にいそしみながら、ミス・アマリヤ・リズニッチは早々に、以下の結論に至っていた——紀元一世紀のころの宗教的混交（去りゆくものと、新しい、キリスト教のように当時飛躍しはじめたもの）のために、地中海でさまざまな食文化の混合が起こって、そこでお鍋の中か何かみたいに、ヨーロッパでも最高においしい料理が生まれたのだわ。そしてその伝統の上に、私たちは生きているというわけ。こうした伝統はなくなりつつあるのね。こう確信しながら、ミス・アマリヤは飽くことなくヴェネツィアやパリ、ロンドン、ベルリン、アテネそしてオデッサの名だたるレストランを食べ歩いた。

こんなグルメ嗜好にもかかわらず、アマリヤ嬢はそのスリムな体型を崩すこともなく、それは青春時代から老齢に至るまで続いた。七〇歳を過ぎても、ときどき婚礼のときのドレスを身につけたが、ドレスは、最初で最後のただ一度のときと同じように、ぴったり体に合った。

——ほんとに、今すぐ祭壇の前に立てそうですわね——周りの女性たちは、ため息をつき、彼女は笑いながらこぼした。

——私が大嫌いだった人たちは、もうとっくに天国にいってしまったわ。今はもう、誰もいやしない。

人生の黄昏を迎えている今と同じように、青春の始まりのころも、彼女は、誰もいやしない、と語っていた。いろいろな旅行でも、彼女はずっと一人だった。その魅惑的な眼をひとたび地に向けると、どこでもなにがしかのお金が落ちているのを見つけるのだった。たいていは価値のないフィラー銀貨だったが、たまにはローマ時代の銀貨もあった。それらのお金は彼女の視線にぴたりとはりついて、その中で、埃の中を舞うキラキラした斑点のように飛び回った。高級レストランで物思いにふけりながら、彼女は、スプーンを口に運ぶかわりに頭をスプーンに近づけた。髪にさしたガラスの針は、ものを噛んでいるあいだカチャカチャ音をたて、そして彼女は、食べ物やワインには、これが最後というものがあるのよね、と思った。食べ物やワインにも、人と同じように死があるのだから。毎年クリスマスになると、彼女はその年に食べた食事のメニューとともに、食事に合わせて飲んだワインのラベルをボトルからはがして、一緒に綴じて製本させた。

こんな旅のさなかに彼女は、フィスターというエンジニアと知り合った。彼はその当時、飛行船の組み立ての仕事をしていて、その飛行船はのちに、ツェッペリン伯爵の名をとって呼ばれるという、ありがたくない名誉を得ることになる。

彼を一目見るやいなや、リズニッチ嬢は思った――美しさは、病ね。美しい男は一人の女のものにはならない――そして彼に、あなたはセルビア語で人を罵ることがおできになる?と尋ねた。答えは弾丸のように返ってきた―― Jebem ti mater!（コノクソッタレ）。そう、それで何が悪いっていうの?しずかに言い返すと、彼女はフィスターの左耳に下がっているリングの輪っかの向こうをじっとみつめた。そのリングは、彼が一人っ子であることの証拠だった。評判の美男だったフィスターは、うわさどおり口髭だけを生やし、パリで流行のボタンのついたコートに身を包んでいたが、袖はセルビア製だった。いつも懐中時計を二つ、双子のように持っていた。一つは金製で（それは日付、週、年を指していた）もう一つは、スターリング銀でできていた（こちらは月の満ち欠けを示していた）。金時計（これはちなみに銀時計と同じように作られていた）は、ダイヤモンドの二つの特性をもっていて、事実上永遠だった。もう一つの銀製の時計の属性はありきたりで、寿命は限られている。フィスターは両方の時計を使っていて、金の時計の特性の一つを、銀製のほうに移植させたので、二つの時計の寿命は同じだった。それらの時計を見たリズニッチ嬢は、何に使うのですか、と尋ねた。するとフィスターは、たいして考えもせずに答えた。

——この銀時計はあなたの時を、そしてこっちの金時計は僕の時を計っているんですよ。だから一緒に持っていれば、いつもあなたが何時なのかが、わかるというわけです。

その翌日、彼はミス・リズニッチに、当時流行っていた『笑いの辞典』をプレゼントにと郵送し、二人は一緒に世界中のレストラン巡りをはじめた。そうしたところでは彼は、彼女と同じくらいよく知られていた。

それから二人はある日の夕方、嵐の中で唐突に結婚式を挙げ、滝のように雨が降りしきるテラスにピアノを運び出させて、婚礼の食事をとりながら、雨がピアノのキーを叩く音に耳を傾けた。そして、それに合わせて二人は踊った。アマリヤは毎週日曜日に、かならず自家製ワインを飲む習慣だった。ワインは、バチカのリズニッチ家の領地で作られたもので、彼女の従者が枝編みのスーツケースに入れて届けて来たのだった。今やそのワインは、二人のものになった。魚のジュレか酢漬けキャベツを食べてはそのあと二人して黙り込み、彼女がじっと彼をみつめる中、彼は本を読む、というか、すばやく、まるでお札を数えるように、ページをパラパラとめくっていく。それから彼女は急に、彼の沈黙もしくは読書に応じるかのように、こう言うのだった。

——違うわ！

——寝ている間は、年をとらないんだよ、フィスター技師は断言し、若い妻といっしょに一六時間を寝て過ごした。彼女は彼を熱愛して、彼が手にのせた象牙のリングを丸呑みし、彼のパイプから自分の長く黒いシガレットに火をつけた。フィスターの陶器と海綿でできたパイプを、彼女はコニャックで洗い、ときどきふいに自分でも彼のパイプの一つに火をつけてみたいという発作的な衝動にかられた。それに気がつくと、フィスターはこう言った。

——一〇月に三月だと思っていたものは、ほんとうは一月なんだ。

その時の彼女にはわからなかったが、数ヶ月して彼女は、自分が身ごもっていることに気がついた。

ここで、この結婚で生まれることになるアレクサンダル・フィスターについて、少し述べておく必要があるだろう。リズニッチ一族の中で彼は、唯一の後継者として、今か今かと待望されていた。けれども、ことはそのとおりには進まなかった。両家の誰もがアレクサンダルの誕生を待ち望んでいたが、先にアマリヤの妹の娘アナが生まれた。アレクサンダルの代わりに次に生まれたのは、アナの妹のミレナだった。それから、ようやくアレクサンダルが生まれたのだった。彼の名前は、誕生より三年前、アマリヤがフィスターに出会うより五年も前に、もうつけられていて、つまり名前のほうが彼本人より、いつも年上だった。アレクサンダルは、生まれる何年も前から噂のマトで、ひそかにウィーンやペシュトの教会では、彼のためにお祈りが捧げられ、この家の跡継ぎの将来の職業や、通う予定の学校も決められていた。家庭教師は二重髭を生やしたフランス人と決められていたし、アレクサンダルのために、日曜の遠足用の水兵服も縫われた。ペシュトのリズニッチ家か、あるいはウィーンのフィスター家の食堂には、いつも彼の特別席が用意され、もう本人が座っているかのように、金のスプーンが買い求めてあった。

そしてちょうどリズニッチ家の人々がロシア語からギリシャ語へと移る春のある朝、見目麗しく、体格もみごとなアレクサンダル・フィスターはこの世に生まれた。すぐに割れんばかりの大声をあげ、しかもその声はバスで、生まれたときには歯も生えていた。ウィーンのギリシャ正教会で洗礼を受け、三週間目には話しはじめて、三歳にしてもう三桁の計算ができ、四歳でフルートを吹き、ポーランド語も話すようになった。まわりの人々は驚嘆し、いっぽう母親は、我が子の髪にもう白髪が生え始めているのを見つけた。五歳のアレクサンダル・フィスターには髭が生えてきて、少年は髭剃りを覚えた。常ならぬ速さで体も大きくなり、もう青年のようだった。片耳に金のリングをした美青年で、事情を知らない者たちは、自分の娘を嫁がせられないかとひそかに考えさえしだした。その頃には、まるであらゆる言葉が一斉に喋り出したように、いろいろな噂が飛び交うようになった。その中で（おもに噂を広めていたのは女中たちだった）とくに人々の関心を引いたのは、彼の尋常でない、そしてあまりにも早い成熟にまつわるスキャンダラスでタチの悪い話、つまり、フィスター家の若様は乳母との間に、自分より一歳しか年下でない息子をもうけた、というものだった。もちろん、そうした噂はでたらめもいいところで、じっさいのところマダム・アマリヤの息子には、一見して奇妙なところなど何もなかった。ほんとうの事情と彼の年を知らない者には、いかにも育ちのいい振る舞いや、美しい顔のどこにも、不自然なところは認められなかった。彼の美しさは、リズニッチ家の食卓と同じように、すべて満ち足りたものだった。ただ母親だけは、うわごとのように繰り返した――美しさは、病だわ。

けれども過ぎ行く一週間は、火曜日で止まることはなく、六歳でアレクサンダル・フィスターは白髪まじりになり、その時まだ二五歳になったばかりで髪も黒々した父親の、白髪頭の双子のようになった。そして同じ年に老化が始まり、チーズのようにあっという間に古くなって、七歳で死んだ。その年の秋、ティサからトカイにいたるまでのあらゆる葡萄畑が埋められ、葬儀の日は、バチカ中でも全部集めて五語しか発せられなかった。彼の死は、わずかな間とはいえ、リズニッチ家の人々が集まる機会となったが、フィスター家にとっては、永遠の別れを告げる機会となった。

＊

もの思いに一番近いのは、痛みね。マダム・アマリヤはこう言って、喪服を着るとすぐに夫と離婚した。フィスターは飛行船の仕事をしていたが、結婚の前にもう破産していて、離婚すると貧困のまま行方不明になった。自分の金時計を、これで僕を思い出してほしいとばかりにアマリヤのもとに残し、もう一つの銀製の、マダム・アマリヤの時を測る時計のほうを持って。アマリヤはそのあとすぐ、両親のいるペシュトへと旅立った。彼女は実家の食堂に座って、石でできたボタンの数を数えながら、まばたきもせずに母と父を見つめた。

——お母様の連れ合いとお母様は、私に遺伝性の不幸を授けてくださったのね。

——私の連れ合い、ではなくて、あなたのお父様、でしょう。

——私が父親を選んだのではなく、お母様が連れ合いを選んだのよ。

——あなたなら、父親だけでなく母親も選んだことでしょうね、もしそうできたなら。

——もし私が選べたら、もちろん、お母様、あなたなんか目じゃなかったわ。

こうして母と娘は決別した。マダム・アマリヤはまたたった一人で、スーツケースにラベンダーを詰め込み、クルミの葉をブラウスの中に、そしてクロスグリの実をウイッグの中に入れ、手袋はバジルで一杯にし、ドレスの裾にヴェルヴェーヌ〔ハーブの一種〕を縫い付けて、彼女の「美しく暗く青き」ドレスを着て、さすらいの旅に出た。首には、故アレクサンダル・フィスターの肖像画を入れたロケットをかけていたが、その肖像画は、どちらかというと息子ではなく、パトロンか恋人のもののようだった。

彼女はまたしても、レストランを訪ね回り、美食を求めてさまよったが、年月がたつにつれ、それは彼女にとってだんだん、魅力の薄いものになっていった。同じ料理でも、若い時の味と今の味では、全く違っていて、その違いは、今食べる全く別の二種の料理の差より、ずっと大きかった。クルミの木の下で草が育たないのと同じように、彼女の手の下には、もう影ができなかった。両の手は透き通り、目の隅は銀色になって、彼女は言葉少なになった。ナイフの先をじっと眺め、ワインを味わうかわりにグラスにキスをして、じっさいにはいもしない恋人にむしゃぶりつくように、肉に齧《かじ》りついた。ある日、ロケットの中の絵を見ながら、マダム・アマリヤは、少なくともこの子の記憶を保つために何かすべきだわ、と思い立った。そしてベルリンの弁護士に電話し（当時彼女はベルリンにいたのだ）、肖像画を渡して、その銀板写真《ダゲレオタイプ》を新聞に掲載してくださいと依頼した。アマリヤ・リズニッチは決意したのだ、亡き息子になるべくよく似た青年を養子にしようと。銀板写真はフランスとドイツの新聞に掲載され、応募が弁護士のところに届きはじめた。弁護士は、マダム・リズニッチのロケットの肖像画にもっとも近い写真七、八枚を選んだが、中でもある一人が間違いなく、白髪の出かたも含めて肖像画の男性に最も似ています、と依頼主に伝えた。アマリヤは肖像画と写真を比較し、弁護士が彼女に注意を向けさせた白髪まじりの男性を養子にすることに決めた。そのときの彼女は、真実がいつ明らかになるかなど、考えもしなかった。実際のところ、真実のほうが偽りよりもはるかに多くの損害を、時から被るものだ。

額縁のような戸口のところに、白髪まじりの頭で、けれども見目麗しい男性が現れた。その姿が、亡くなる年の最後の日々の息子の姿にあまりにも瓜二つだったので、ミセス・アマリヤは、その場に立ちすくんでしまった。息子が復活したような喜びに酔いしれた彼女は、長い間、それが白髪頭になって年をとった元夫だということを認めることができず、また認めようともしなかった。彼女はすっかり魂を奪われて、彼を養子にし、かつての息子と同じように扱いはじめた。あの頃の恐れと悲しみもなく、パリの展覧会や、よりすぐりの食事に連れて行っては、熱に浮かされたようにしゃべるのだった。

――飢えは、季節に似ているのよ、四種類あってね。ロシア、ギリシャにドイツ、そしてもちろん、セルビアの飢えというの。

この熱狂とともに、彼女はいたるところで金銭をばらまいた。かつていたるところで、足元にお金を見つけたのと同じ調子で、行く先々の足下でお金を浪費していった。お金でいっぱいの家の中でも、彼女はあらゆる場所にお金を落とした。帽子の下、ドレッサー、浴室、靴の中、ところ構わず……。

――ああ、あなたはなんて素敵なの。ほんとうにお父様によく似ている。お父様に瓜二つよ。そう囁いて、養子にキスした。そしてある朝、狂気または忘却、さもなくば蘇ったあまりにも深い悲しみのせいで、でなければほかのことのせいで、信じられないような思いつきに至った。アマリヤは、元夫で今は養子となった「息子」を、結婚させようと思い立ったのだった。そんなことをしなければ、ものごとはその先もすべてまともに――もちろんそもそも、ことはまともでなく、そうあるはずもなかったのだが――過ぎていったかもしれないのだが。

あの子には時間がある。いつもそうだったように、今もとても麗しいわ、美しさは病だけれど。どんなスープにも底がある。もしあの子でなければ、私のほうが歳をとってしまう。孫たちのためにも、私は若くいたい。急がなくては、急いで結婚させなくては。

フィスターは、救いのないような気分でじっと座り、パイプの熱が拳《こぶし》を通って掌《てのひら》へとゆっくりと流れていくのを見ていた。それから彼の白髪まじりの頭髪が、白か黒かと迷うように揺れだし、そして最後に全会一致で白へと倒れた。それで彼は初めて、かつての自分の息子より年をとって見えるようになった。彼は黙ってマダム・アマリヤのあらゆる気まぐれに従っていたが、それも、彼女自身が花嫁を探しはじめ、ペシュトの名家の出で、ブダペシュトからエゲルに至るまでの土地を持参金としてもつ花嫁を見つけるまでのことだった。この時ついにフィスターは、僕は結婚なんかしない、と断言した。僕には、別に愛する女性がいるんです。希望のない恋で、その女性は決して僕のものにはならないけれど。マダム・アマリヤは、喜びと同時に火のついたような怒りを覚え、このリズニッチもしくはフィスターを拒むような女とは誰なのかを知りたがった。けれども彼は言おうとしなかった。彼はおし黙り、二人は口をつぐんだままじっと座っていた。彼女は、彼がまるで紙幣をパラパラと数えるように素速く本のページをめくるのを見ていたが、突然、そのだんまりに反論するかのように言った。

——違うわ！

——違わない——彼はようやく答えた——それが真実だ。僕が愛する唯一の女性、結婚したいと思っていて、だけど決して僕のものにはならない人、それは、君なんだ……。

彼女は泣き出し、その時になってようやく、彼が何者で、何者でないかを自分は知っていたこと、そしてどうやっても二人は一緒に暮らすことはできないことを、認めた。ただの一夜も。なぜなら、もし二人にまた子供ができたらどうなる？　それだけはだめ！　それだけは。彼女はうなされたように言い、二人は別れた。今度は、永遠に。フィスターは彼女の養子のままで別れたが、最後に彼は彼女に、考え込んだように言った——僕はね、長い間、ある感覚を抱いてきたんだ。これはたぶん、ほとんどの人が持っているものなんだろう。ごく普通の感覚だよ。歩きながら、どうもうまく思った通りに前に足を運ぶことができない、というものだ。いつも誰かの踵にぶつかるんだ。注意はしているのに、いつも誰かしらの踵が、僕の進む先に現れる。前もって用意されていたみたいに、必ずどこから現れて、爪先の前に立ち塞がるんだ。まるで、爪先には、自分の足のほかに、誰か他人の踵が前方にくっついてなくてはいけないみたいに。でも、それは誰のものだろう？　僕たちの弱点であるアキレス腱なのかもしれないけれど、ただそれは自分のものではなくて、誰か他人のもので、僕たちの爪先の前で待ち構えていて、僕たちの歩みを遅らせ、歩幅を狭くしようとするんだ……。僕たちは、おそらく、他人の踵をふんづけてはじめて、歩いて前進できるんだろう。僕たちのアレクサンダルは、そんな踵に無縁だったのかもしれない。わかるかな。だからあんなにも早く、逝ってしまったんだ……。

こう言って、フィスターは別れを告げ、二人は二度と会うことはなかった。けれども、マダム・アマリヤはある朝、目覚めてぎょっとした。彼女の不幸の始まりとなったあのことばを、唇に感じたからだ——一〇月には三月だと思っていたものは、ほんとうは一月なんだ……。

彼女は体の奥に、新しい果物のような何かがあるのを感じた。その奇妙なものは、恐怖感と一緒にゆっくり大きくなっていった。外見上は何も変わらなかったが、それが胚からだんだん成長していくのが、彼女にはわかった。子供の恐ろしい不幸の後、ある意味では、救いでもあった息子の死の後、もう誰かと愛し合いたいとも感じなくなった彼女は、何年もの間、男性とベッドを共にしたことはなかった。だからひどくショックを受けた。それでも体の奥にあるものはどんどん大きくなり、丸々一二か月が過ぎて腰まわりにも変化がなく、何も起きなかったときになってようやく、マダム・アマリヤは、助産婦の代わりに医者を探すべきだと悟った。彼女は病気だった。

読者が、スープでやけどした舌が治るまでじっと待つほどに十分辛抱つよければ、アマリヤがどうやって治療を受けたか、おわかりになるだろう。それも完治するところまで。

＊

もの思いに一番似ているのは、痛みだわ。体の奥に病気を抱えたまま旅をしながら、マダム・リズニッチはつぶやいた。昔、ヴェネツィアやベルリンからスイスに至るまで、夫と一緒に、死すべき運命にある料理やワインを求めて歩き回ったのと同じところを、今度は、衰え消えゆく健康を求めて回った。マダム・リズニッチは、医者から医者へ、スパからスパへと、ジェヴスキ家の曾祖母たちの宝石で造られた指輪を、美しい手の両方の親指につけて、訪ね歩いた。それらの指輪の宝石は、それぞれに一滴の毒を含んでいた。ラベンダーを裾の縁に縫い込んだドレスを身につけ、それによって私は病気なの、とヨーロッパ中にふれて回りながら。

——ああ、なんとすてきな私の痛みなんでしょう。どれほどあなたをみんなが誉め称えていることか——アマリヤは、長い従属節をもつ複文のように延々と続く痛みが差し込んでくると、こう言った。けれども、痛みが彼女の言葉を肩代わりするように長く続くと、その分、彼女の言葉は、痛みに譲歩して短くなっていった。それから、あるロンドンの医師のところにいくよう勧められ、彼女はブルターニュでワインを口に含み、列車から船に乗り継いで英仏海峡を渡ってイギリスにつくと、ワインを吐き出した。指輪を指から指へとはめ直しながら、彼女は診察室に座り、いっぽう彼女を診察した医者は、首を横に振ってこう言った——私ができるアドバイスは一つです。あなたは、現在という時に生きていらっしゃる。つまりあなたは、ほかのあらゆる人たちと同じなわけです。実際、私たちはいつも、自分の「明日」には死んでいるのですから。明日という日には、私たちは、一度もこの世に生まれなかったかのように、もう存在していないのです。明日になれば、私たちはどこかの移動墓地に埋葬されています。移動墓地は、いつも時間の中を動いていて、つねに二四時間先にある最終出口を通って私たちの前を逃げて行きますが、いつか、私たちはそこに、つまり最後の日に、追いつくことになります。私たちがもう存在しない、そしてまた、私たちが一度も見たことのない「明日」がこちら側にあって、私たちの「今日」になるのです。これで終わり。もう「明日」はない、ということです。同じ立場にいるほかの人たちのことを、ちょっと考えてみてごらんなさい。そうすれば、今どこにいるのか、ご自分でお分かりになるでしょう……。

この、容赦ない医師の判決に怖気づいたアマリヤ・リズニッチは、ロンドンから一目散に逃げ出した。帰りの旅の途中、たまたま食堂車で彼女は、一緒になった女性から、ヨーロッパのどこかに、薬用効果のある沼地があるという話を耳にした。その泥は、まさに、アマリヤ・リズニッチの体の奥に居座っているような病気を治す力があるとされており、ちょうどその頃、アマリヤの病気は、ひどく貪欲に食べ物を求めるようになっていた。マダム・アマリヤは、今度は、いわば病気にせきたてられるように、三度目となる旅に出た。大陸中の高価なホテルを訪れ、よりすぐりの料理を、もう美味しいとも思わず、ただ病気を養うためだけに注文するようになった。旅で一緒になった女性が口にした沼地の名を、彼女は羽でできたウィッグのリボンに書き留めていた。それは「猫の沼地」と読めた。ブルターニュの最初のホテルで、アマリヤはヨーロッパの地図を買い求め、その場所を探した。地図を見ればすぐにわかるだろうと彼女は考えていた。けれども、そのような場所は地図にはなかった。パリに行くと、別のもっと大きな地図を買って、その場所を探したが、やはり無駄だった。それからブロックハウス百科事典で、求める場所の項目を探したが、そこで気がついた。そもそも何語でその場所を探したらいいのかも知らないのだ。「猫の沼地」という名は、フランス語では、ドイツ語やロシア語とはぜんぜん違う言い方をするのかしら？　それからマダム・アマリヤは、百科事典や地図を放り出し、じかに人々に尋ねて回ることにした。結局フランスでは何もわからなかったので、彼女はウィーンに戻った。

雪が降っていた。口を開けば舌が雪に埋れてしまいそうだった。痛みは今は合唱のようになって現れ、ミセス・アマリヤは、その中に、合唱団長とも名づけることができるような痛みがあるのに気づいた。時には、痛みの合唱をフルートで奏でることができるかもしれない、とも思った。残念ながらウィーンでも、彼女に「猫の沼地」について教えてくれる者は誰もいなかった。そこで、駅で調べるようにと使用人をやると、使用人はついに機関車の運転手から、泥療法をしているという乗客にそんな名前の場所のことを聞かれたことがある、という話を仕入れてきた。その客はペシュトのほうに向かったのだという。そこでアマリヤは、ペシュトにいる母親のところに行くことにした。

父はもうだいぶ前にあの世にいってしまい、ほとんど人の話を聞き取れなくなっていた母親の目は、雪の結晶のように透き通っていた。一瞬、母と娘の視線はつながり、二本の連通管になった。けれども、それもほんの一瞬のことだった。

――人が大量に消費できるのは、パンや服、靴、それに憎しみだけだわ――ペシュトでマダム・アマリヤは思った。――そのほかのもの、愛や賢さ、美しさは、この世にとても消費しきれないほど、あるんだもの。いつだって、貴重なものは有り余っていて、当たり前のものは十分だったことがないんだから……。

父親のまだ生きている友人たちのところを尋ね回り、「猫の沼地」のことを話したが、ハンガリー平原のかなりの部分を領有していた彼らも、「猫の沼地」について聞いたことはなかった。確かに、南のほうに薬用効果のある沼地があることを知っている人はいたが、マダム・アマリヤが勧められた泥がそこにあるかどうかはわからなかった。父の友人たちはアマリヤに、ペシュトからバラトン湖に向かい、そこから南のカポシュヴァールのほうに進みながら、途中で聞いてみたらどうだろうか、と勧めた。

晴れた日で、病みは雨を待ちながら、しばし息を潜めていた。アマリヤは、セーヴル焼きのカップに顔をうずめるようにしてため息をつき、籐《とう》のスーツケースに、ドレスとリズニッチの祖父伝来のワインを詰め、侍女と御者を連れて旅立った。ソーセージ・ロールにしたパンと、ワサビを中に詰めこんだパプリカのピクルスを携えて。そして、五番目の季節の始まりのように澄んだ朝がさっと開けた時、目をさましたマダム・アマリヤは、土埃と泥だらけの平地の中にいた。あたりには人っ子一人いない。アマリヤ一行の前には、地平線が広がり、馬車の後ろには、星が永遠のきらめきで畦道を作って連なっていた。時おり、鳥の群れが、すばやく流れる雲となって空の明るさに影をおとす。マダム・アマリヤはもう三日間、南下の旅を続けながら、泥のにおいを嗅いでいたが、泥は彼女が探しているものではなかった。しばらくすると御者は、自分たちがどこにいるかわからなくなり、馬車から降りると、途方にくれてあたりを見回した。それから苛立って、手のひらにピュッと唾を吐き、その手をもう一方の手でバシッと叩いて唾がはじけた方向へと馬車を走らせた。

その日の午後、一行はまた沼地に行き当たった。前方に煙が立ち上っている。目の前に穀物畑が見え、畑の番人が、畑の隅でトウモロコシを焼いていた。男は大きくてよく熟れたスイカを、一ついかがですか、二口もたべれば涼しくなりますよと言って差し出し、さらに握り拳くらいの小さなのを五つ、お持ち帰りになって漬物にできますよ、と勧めてきた。それからまた、焼きトウモロコシを、チーズと一緒に売りつけてきた。

——奥様、チーズはそりゃあたいしたご主人さまですよ、なにせ、おおわらわでお世話しなきゃならないんですから。

それでマダム・アマリヤは、男に注意を向けた。裸の体にじかに毛皮の外套を着て、耳にはイヤリングの代わりに、十字架をつけている。

——ここは一体どこなの？　彼女は尋ねた。

——バチカンですよ。ほかのどこだって言うんです？

——この場所は、なんと言うの？

——沼地で。

——ただの沼地？

——「猫の沼地」とも言いますがね——畑の番人は付け足した。

——つまり、ここなのね——ミセス・アマリヤは深く息をつき、帽子の紐をほどいた。

——ここで病気は治せるのかしら。

――治せますよ、死ななければね。土地は肥えていて、生きた人間を産むことだってできるんです。

――ここで沐浴できる場所を貸し出してくれる人は、誰かしら？

――さあ、それは土地の持ち主一家に聞いてみないと。

――その一家の誰か、ここにいるの？

――もう半世紀も、誰もいませんよ。畑の番人は答えた――俺はずっと一人ですから。ご主人たちは、ずっと遠くにいるし、それにもう、複数形じゃない。

――どういうこと？　マダム・アマリヤは尋ねた。

――つまりね、老主人が亡くなって、今はその娘にあたる奥様がいるだけなんです。

――それで、その方はどこにいるの？

――それは神のみぞ知る、ですよ。ご本人も、自分がどこにいるかわかってないかもしれません。噂では、聖プロコピウスの日には体を洗わないんだとか。あっちこっちとさすらい歩いて、一ヶ所にいないようです。一時はペシュトにいたらしいですがね……。

ミセス・アマリヤは、ペシュト出身の、自分と同世代の知り合いの名前を思い浮かべてみた。それから、ふと、買ったばかりのスイカをじっと見つめた。

――そのご婦人の名は、何と言うの？――彼女は尋ね、そして、おそらくもう読者のみなさんがお察しの答えを、耳にした。

――アマリヤ・リズニッチ、結婚姓はフィスターで……奥様もあの方の話はきっとご存じでしょう、ぜったい聞いたことがあるはずだ。あの人と息子さんに起きたこと……。めったにない話でしょう。しかし、得るところは大きい。あの小さなフィスター坊ちゃんの神様は、坊ちゃんの最後の審判のときには、まだ大人になりきれてなかったんですな。神様は、坊ちゃんよりも遅れて成長したわけだ。あのとき神様はまだ未成年で、俺たちの神様が、俺たちを先に行かせないように引き止めるようには、あの坊ちゃんを引き止めて、歩みを遅らせる術《すべ》を知らなかった。坊ちゃんには、知恵のリンゴを禁じる人がいなかったんです。坊ちゃんは自分でそれを味わい、一人でここから出て行った。自分の意思で、天国から地上へと落ちたわけだ。なぜって、目の開かれた者は、住む世界を変えなけりゃならないんですから……。

アマリヤ・リズニッチ、結婚姓フィスターは、一瞬、耳が遠くなった。それから靴と靴下を脱ぎ、泥の中に足を踏み入れた。自分の土地である黒くて油っぽい泥の、危ない冷たさの中に。泥は、まるで彼女をその場所に植えようとするかのように足を受け入れ、そして包みこんでいった。

（Блато / Blato）

フェルディナント皇太子、プーシキンを読む

一

学問を終えてゲッチンゲンからポーランドの所領の実家へ戻るやいなや、私はすぐに、隣の所領の主人が亡くなり、風が十字に交差する場所に埋葬されたと知らされた。そして相続人がもう家と領地を下見しにやって来ている、とも。誰も彼の名前を知らなかったが、みんなが他界した叔父の名で呼んでいたので、私も最初の日から彼をそのように呼んでいた。首都で流行のボタンのいっぱいついた外套、眉と絡むほどの長い睫毛《まつげ》と美しい巻き毛の持ち主に、もう村中の娘たちは夢中だった。噂によると彼は経済学をやっていて、社交を嫌い、近所の誰かが家の表玄関に姿を見せるやいなや、裏口で

オートバイにまたがってしまうということだった。けれども、ドイツで暮らしカントも読んだ私としては、その人物にさしたる興味も抱かなかった。私たちの出会いは、炎天下の野原だった。どちらもオートバイを走らせていて、互いに埃を吸い込みたくなかったので私たちは並走した。かくして彼を招待しレモン・ティーを勧める次第となったのだが、それとても親交を深めたかったからというよりは、礼儀上そうしたのだった。私は彼が前に座り、私が何か言うたびに微笑みを浮かべる様子を観察した。その微笑みの陰で、私の考えを土にして何かの草が芽を出すのがわかったが、彼はそれがまだ暖かく空中に舞っているうちに葬ってしまうのだった。

「要するに（Kurz und gut）」――私は彼と昔どこかで会ったような気がしていた。ゲッチンゲンの『ユンカー居酒屋』（Junkerschänke）あたりかもしれない。それに毎日の人づきあいや散歩、オルガとのいつものチェスなどでかなりの時間を取られる中、こちらの話に、also、じっと耳を傾けて聞いてくれる知人との語らいでしばし息抜きをするのは、心地よいものだった。時には私が彼のもとへ、夕食とワインに招かれて訪ねていった。私たちは座ってパイプをくゆらし、煙草を交換して（私はオランダ製、彼はイギリス製で、ふつうの葡萄とマラガ種の葡萄を混ぜ込んで作った煙草を吸っていた）、あれこれ話をしながらパイプの煙が暖炉に漂っていくのを眺めた。暖炉は知人が相続した家にしつらえてあり、彼は時々そこに火をおこした。だが時として私は、二人とも時間を無駄にして、すきま風を暖めているだけだという気分にもなった。煙草をくゆらしながら彼の本棚の本を眺めると、アダム・スミスの著作集が目に留まった。それから古い暦の数々、小テーブルの上のナポレオンの小さな金属製の像なども。

ある日、私は彼をオルガの家族に紹介し、家族はオルガの妹の誕生日に彼を招待した。その晩、私たちは遅れて到着し、すぐに食卓についた。私はそのとき一瞬、オルガから彼女の妹に注意を向けた。妹は私たちの前に妙に青ざめて座っていた。自分の腕で胸を、まるで目が一つしかない二匹の愛玩動物であるかのように抱えており、しばらくして食事になると、自分の恋人に——もちろん、そんなもの彼女にはいもしないのだが——むしゃぶりつくように、フォークとナイフにむしゃぶりついた。ほどなく「美しき青きドナウ」か、それに似たような音楽の演奏が始まり、私はオルガと隣人がテーブルの下で、音楽のリズムに合わせて膝を触れ合わせはじめたことに気づいた。私が二人を見ていることに気づくと、隣人は身を引くかわりにテーブルの下に手を入れてオルガの手を握り、オルガもまた、まばたきもせずに晩餐のテーブルから下がって彼と踊り始めた。それから二人は一緒にテラスへと出ていき、私は、オルガの妹が私と同様に食事をしていないことに、そしてそれが私のせいでもなければ姉のせいでもなく、あの男のせいであることに気がついた。私は耐えられなかった。二人が戻ってくると私は外へ飛び出し、宴の席を尻目に家へ帰った。眠ることはできなかった。ピストルを取り出して調べ、筒をきれいにすると弾をこめた。そしてオルガに手紙を書き、シラーを少し読み、夜明け前に眠りが襲ってくるとただちに仰向けになった。それから眠りについたが、軍隊での訓練で、たとえ仰向けに横になっても、私は二〇分以上眠ることがなかった。事実二〇分後に目を覚ますと、夜が青ざめたように明けかけていた。服を着てピストルを手に取り、隣人宅に赴いた。扉を叩き隣人を起こすと、隣人はあくびをしながら出てきた。私は武器をもっているかと尋ねた。彼は黙って私に一瞥を投げると、家の中に引き返した。しばらくして現れた彼の手には叔父の猟銃があった。残念だが、と彼は言った。これしかない。彼は私に、武器を選びたまえ、と言ったが私は拒絶した。すると彼は、水車のところまで行こうと言った。家の中を汚したくないのでね。

私たちは降りていった。雪が灰のように舞っていた。私は川のこちら側に立ち、彼は橋を渡って岸の反対側に行った。彼が私に向かって立ち止まると、私は左目をつぶって狙いをつけた。そのとき、彼が発砲した。弾が命中した瞬間、私はピストルを手から落とし、そして彼の名を思い出した。エウゲニー・オネーギン。

二

落ちた川は冷たかった。私は押し流されていったが、溺れはしなかった。それどころか日ごと夜ごとに川に癒されていくような気がした。頭の下で腕を組んだまま、川から川へと流れのままに漂って行くような感じだった。しかしやがて水から放り出されると、そこは人気《ひとけ》のない荒れ地で、ドナウ河畔の沼地が流れ行く雲の姿を映して果てしなく続いていた。コクマルガラスが群れをなし、斑点模様の敷物のように空を舞っている。私は空腹のあまり眠れず、かといって何か食べ物を見つけたときには、堪え難いまでに襲いかかってくる眠気のためにまともに食べることができなかった。泥とヨシで掘建て小屋を作り、毎朝ドナウ川の中に踏み込んで、ヤケになって何か捕まえようとした。空腹のあまり自分自身に話しかけるのだが、川の流れが速くなると思考が止まり、めまいに襲われた。素早く考えるだけの力がなかったし、また、あらゆるものと一緒に私の考えまでもさらっていく流れの本流から逃れることができなかったからだった。

ある日、私は小さな魚を一匹釣り上げた。

「So etwas（こんなものか）?」そう思って魚をドナウに投げ戻した。しかし魚は泳ぎ去ろうとせず、私の前で止まり、恩恵を授ける魂をそこに隠し持っているという魚の耳をそばだたせた。

「Wie heisst du（名前はなんと言う）?」私は岸から魚に尋ねた。

「ガブリエルです」魚は水の中から応えた。

「ドイツ語がわかるのか?」私は驚き、それからにやりとし、さらに自分自身の笑いにびっくりした。それが自分の笑いとは思えないほど長い間、私は笑っていなかったのだ。「Also、ガブリエル、つまり大天使というわけか」

「ええ」魚は答え、三つの願い事を叶えてあげましょうと申し出た。

「では」私は直ちに言った。まずは、この泥小屋の代わりに館が欲しい。美しい水辺に建つ、葡萄畑をのぞむ館、飛ぶ鳥が中で迷子になるほど広々として、騎馬のまま門を駆け抜けて中に入れるほど高い館だ。そしてその庭園にはあふれんばかりに豊かな泉と森があるように。さて次に、私はまだ若いのだから、どうしても妻が必要だな。しかし若すぎるのは駄目だ。あまり若すぎず、外見より中身のほうが年を重ねているような人で、髪の房を両耳の脇にへびのとぐろのように編み、帽子かけになるほど豊かな胸をした女性……。そして最後に、けれどなによりもまず先に、きみを夕食に所望しよう。しかしそんなに小さくてどうしようもないままではだめだ。よく育って、人が食らいつけるくらいの大きさになってから来てほしい。

「So bitte（どうかな）?」私が言い終えると、魚は小さな尾びれでドナウの水面をパシャンと叩き、水の中に穴のようなものを残して消えた。私はその穴につばを吐きかけ、眠ろうと横になった。だが疲れた私は睡魔に襲われ、眠っているときには誰もがそうであるように、夢の中で聴覚も髪も、名前も記憶も失った。

目を覚ますと私は、自分の心臓の鼓動で揺れている寝台の上にいた。高い窓を通して青空が見える。空には、スパイスを撒いたように鳥が飛び交っている。私は赤毛の馬の色をした軟らかい長椅子に横たわっていた。外からは、草を刈る大きなはさみの、一口噛むたびに同じ言葉を発する鋭い声が聞こえた。目の前の斑点模様のテーブルの上には、鳥のレバーを添えた魚が芳香と湯気をたてており、私はついに飢えを満たすことができた。私がワインをごくごくと飲み下すと、同じように私の周りにあるいくつもの広間の無数の鏡が、歩く私の姿をごくごくと飲み下した。私は縁取りのある青いドルマン袖の衣服をまとっていて、その縁取りは拍車の音にあわせて揺れ動いた。羽飾りのついた、両端の尖った帽子をかぶると、私はテラスの開いた扉から陽光のもとへと出た。陽光は、今まさに川の向こう岸から森に降り注ごうとしていた。反対の、夜に向いた方角には、青々とした通り道が丘陵まで続き、丘陵の上には、中央に丸天井をいただく回廊があった。周囲を見回して私は、自分が狩り場もあるすばらしい宮殿の中にいて、その館と周囲のすべてが自分のものなのだということに気がついた。

Ｅ・Ｍ・クロンフェルト、Ｋ・コーバルトやそのほかの、この問題を取りあげた建築史家たちや、Ｋ・ヒルシャー、Ａ・アイグナーなどは、この宮殿が建てられた場所が、かつてドナウ河川敷にあった動物の水場の脇、狩猟小屋のあったところだという見解で一致している。宮殿の建設はフィッシャー・フォン・エルラッハの設計に従って、この建築家が他界したとき、誤ってあやうく一緒に埋葬されるところだった図面に描かれた部分から始められた。これをどうやって続けたものかという困惑の中で、建設を委ねられたのはＮ・パカッシィで、彼は一七四四年から一七五〇年の間に建物を完成させたのだった。パカッシィは、中央の高い部分に合わせて建物の両側に低い翼部を付け加え、建物の西側にいくつかの宮廷劇場、そして一四四一の部屋を設けた。左官、仕立て屋、時計屋に楽士たちの軍団が、当時二階に四四あった部屋部屋に押し寄せた。壁の腰部に絹製の布地が貼られると、まるでカタツムリが這い回ったように光り輝いた。鏡板代わりの陶製タイルには、青い花と鳥が中国風に描かれた。職人たちはまた、部屋部屋をタペストリーで飾り、暖炉を作り付け、その暖炉の上には、隊列をなす軽騎兵と、同じ数だけの、ひだを膨らませたスカートをはいたマヨリカ焼きの婦人たちを並べた。高い天井からはシャンデリアが下がり、その明かりの周囲の壁は象眼細工をほどこした羽目板と革で覆われた。音を奏で言葉を交わす数々の時計は、部屋から部屋へとその響きが反響するように工夫して置かれ、壮麗な広間を飾ったのは中世のペルシアの細密画だった。大小の鏡の間の燭台にロウソクが立てられると、それらは刺だらけの島に生える松林のように天井に向かって並び立ち、空中でゆらゆらとゆらめいた。そしてロウソクの明かりは、無数の鏡を貫いて暗闇へと逃げて行くのだった。宮殿の前、「美しい泉」と呼ばれた場所の周囲二平方キロメートルの土地には公園が造営され、ネプチューンの噴水と、緑の間に隠れる無数の彫像が飾られた。公園を見下ろす丘の上には、一七七五年、F・フォン・ホッヒェンベルクの設計によって、柱廊に囲まれた見晴し台が設けられ、宮殿と並ぶ緑地の奥に広々とした厩舎が出来上がった。馬場もあり、またすぐ脇には、主人のものであり、国歌斉唱に合わせて音高く響く鈴のついた馬車と橇《そり》の保管場所もあった。

こうしたものすべての上に、今はドナウから立ち上る霧が垂れ込めていた。裾に切り込みがあり、高価なボタンが袖口についた丈の長いコートを羽織った私は、ゆっくりとテラスから公園へと降りていった。散策を続け、やがて気がつくと、緑の木々の中をさまよっていた。午後は雲と水の流れとともに移ろうとしており、ようやく天秤座の印のついた柱を目にする時まで、わたしは自分がどこにいるのかまったくわからなかった。その印から離れながら、私は、公園が四季の大きな地図、一二の月とその交替の迷宮になっていて、今自分がいる日と月を見つけさえすれば、一年の終わりへと向かう方角へたやすく出ていくことができるということに気がついた。つまり、一年は宮殿から公園へと続く階段の一方の翼から始まり、同じ階段の反対側の翼で終わっているのだった。私はもちろん今が何年だかは知っていた（ドナウ河畔の沼地で眠りに落ちた時、一九一四年だった）が、何月何日かは見当もつかなかった。そこにあるベンチに腰掛けて一息入れるか入れないかという瞬間、遠くから、男の名を呼ぶ女性の声が聞こえた。名は「フェルディナント」と聞こえ、私にはそれが自分のことだとわかった。その時、小径に一人の婦人が姿を見せた。レースのついたドレスを着て、履いている靴のヒールと同じように尖った日傘を持ち、急ぎ足でこちらに近づいてくると、高い胸と、両耳の上にとぐろを巻いた蛇のように編んだ髪が見えた。彼女を迎えるために立ち上がり、私は金の柄のついた眼鏡を目に当てた。

「ソフィア！」私は嬉しさに叫んだが、どうしてこの名を知っているのだろうと内心では不思議に思っていた。彼女を抱きしめたいと思って眼鏡を放すと、眼鏡は絹のリボンの先にぶら下がった。だがソフィアのほうは、何か大事な話があるようだった。

「愛しい皇太子さま」新妻は言った。「どれほどお探ししたことか。遅れますわ。サラエヴォまでは二八時間かかりますのよ」

＊

追記

二八時間後、サラエヴォで皇太子妃ソフィアと皇太子フェルディナントに何が起きたかは周知のとおりである。というのも、話の続きは歴史に属するものであり、どんな百科事典でも「サラエヴォ暗殺事件」という項目で読むことができるからだ。オーストリア占領下にあるバルカンの小国の解放運動指導者、ガブリエル・プリンツィプが、一九一四年聖ヴィドの日すなわち六月二八日、ボスニアにおけるオーストリア帝国軍総司令官としてオーストリア軍の総軍事演習終了記念式典に出席した皇位後継者、オーストリア皇太子フェルディナントとその妃のソフィアをサラエヴォで殺害。この暗殺の後、オーストリア・ハンガリー帝国はセルビア王国に宣戦布告し、第一次世界大戦（一九一四―一九一八）の引き金となった。

（Принц Фердинанд чита Пушкина / Princ Ferdinand čita Puškina）

夢の投稿

敬愛するザハリヤ・オルフェリン様
ディミトリィ・テオドシイ教会セルビア＝ギリシャ出版所
ヴェネツィア

拝啓
貴誌の一七六八年第一号に、読者や投稿者のみなさんへ、として、夢の記録をヴェネツィアの上記アドレスまでお寄せ下さいという呼びかけがありました。そのためのコーナーを設けてそれらを掲載しようというのが、編集者であるあなたのお考えだったのですね。貴誌はすぐ廃刊になってしまったので、夢の記録のコーナーが実現することはありませんでした。もしかすると、誰もそんな原稿を送らなかったのかもしれません。あなたの希望が実現しなかったのは残念なことです。それで、少し遅くなりましたが、募集に応じてその種の記録をお送りします。こんな具合に。

その夜の夢の中は昼間で、雲ひとつありませんでした。昼の中を流れる川の岸辺にたくさんの帆船と、多くの見物人がいます。人々はじっさい、勢いよく漕がれるオールの力ですべるように港に入ってくる小舟を眺めていて、声のない鳥がさえずっていました。私は見物人の中にまじってはいませんでしたが、そのことは、あとで、全部終わってから、自分が腰かけている川岸の石の熱さで気づいたことでした。けれども見物人たちの中に加わったときすぐ、小舟にはイェレナと彼女の両親が乗っていて、父親は船の先端にいることに気づきました。小舟は、よくわからない理由からちょうど停止した大型船にガンとぶつかったのです。バリバリという音がして、小舟の前方の部分が船頭の席もろとも壊れ、船頭の体はこっぱみじんに吹き飛んで、あいかわらずオールを握っている船頭の右腕だけが残りました。私はなんとか岸辺にたどりつき、船頭の腕が、水に字を書くようにオールを漕いでいるのを目にしました、といっても船頭はもう息絶えているのですが。船の残骸と一緒にイェレナと母親は青い水に沈んでいき、二人の髪の色が変わるのが見えました。ぞっとしながらも私は、彼らを助けようと思って、自分の右手を伸ばすのですが、そのときになって、右腕がないことに気がつきました。私にはあれ——つまり水の向こう側でまだそのままオールを握っている漕ぎ手の右腕がないのです。それではっと気づきました。私は衝突の直前まで小舟の漕ぎ手の席にすわっていて、次の瞬間には岸のこちら側にいて、次はどうなるかと固唾《かたず》をのんで見ていたのです。

死というものはその基本的特権として、信じられないようなスピードを持っているのでしょう。いっぽうで死者も、私たちと同じように負傷するのかもしれません、ただ死者たちの場合には、まだ命のある自分の部分を切り取られるだけのことなのかもしれません。この意味で、あなたは自分の秘蔵書が失われたと感じていることでしょう、というのもそれらはここでまだ生きているのですから。

読者より
M.P.
ベオグラード、一九七五年三月一日

(Допис часопису који објављује снове / Dopis časopisu koji objavljuje snove)

ブルーモスク

イスタンブールのある夕べ、アクシャ〔イスラームの夕べの祈り〕を前に、スルタンの目は、二羽の黒い鳩のようにアトメイダンの傍らの場所に舞い降りた。長いこと重くどんよりしたもの思いにふけっていたために視界がすっかりぼけていたスルタンは、視線の降りたその場所に、あらゆるモスクの中のモスクを建てようと思いついた。モスクには六つのミナレットが必要だ、そう決めて、最高の建築家を自分のもとによこすよう帝国の東西に使者を遣わした。けれども西方に派遣された使者は、思いもかけない困難に遭遇した。帝国内でももっとも名高い建築家が、与えられる課題の大きさにおそれをなし、身代わりにボスニア出身の何とかいうセルビア人を差し出して、行方をくらましてしまったのだった。読み書きもできないそのセルビア人の家では、もう五代に渡ってイスラーム教を信仰していた。この男も斎場や噴水を作ったことで建築師として通ってはいたが、これは本命ではございませんが、と皇帝の使者に告げるだけの度胸がある者はいなかった。男は口数も少なく、額から伸びた鼻が痛々しげに両目の間に分け入って下へと伸びていた。彼の過去はいつも「苦難の七年」の連続で、この先もどれだけ苦い塩をなめるかわかったものではなかった。

最悪だったのは男が、この種の男の例にもれず、二つ返事で引き受けようとはしないことだった。用件を聞くと男は笑顔を翌日まで据え置きにし、出かける前に法学者に相談しに行きたいと言いだした。男と法学者はワクフで会った。法学者は顎髭を手に握り、男はシャツ姿で、首の周りには襟のかわりに紐が縫いつけられている。まるでいつでも首を締めてくれといわんばかりの風情だった。

「遥か遠いところへお出かけになるな、それはせいぜい思い出すのが関の山で、その周りを走り回ることなどかなわぬような遠さだ」法学者は言った――「だがこれだけは覚えておかれよ、自分自身から治癒したものは、破滅するとな」

賢者のありがたいお話がどれほどの役に立つものか――建築師はそう思って立ち去った。この話し合いの後で法学者は、あの建築師は左右対称に物を考えることができますし、葡萄酒の入ったグラスを左の手で持ち上げ、同時に右の手で地面まで降ろすこともでき、しかもそのとき一滴もこぼしたりしませんぞと言って皇帝の使者をなだめた。徒手で帰る勇気のなかった使者は、東方に派遣されたほうの使者が幸運をつかんでくれることを願いながら、この、傷口をつばで舐めて治す男を連れて帝都に向けて出発した。けれども東のダマスクスから選ばれた者は船もろとも海に沈んでしまい、結局大宰相の前に連れて来られたのは、手に入れたこの男一人だった。

出来上がる予定の建物のおおまかな図面はもうできているか、と尋ねられた建築師は、片手を胸元に差し入れると、それぞれ異なる間隔で結び目が作られた三本の紐を引っ張りだした。

「それがすべてか?」呆気にとられて大宰相は尋ねた。

「これで十分でございます」男は答えた。

「だが、お前がどんな建物を造ってさし上げるつもりなのか、どうやって陛下におわかりになる?」大宰相は尋ねた。これに対し建築師は、目の前の大宰相に人差し指を突きつけて言った——「陛下がお望みのものを指差して下されば、それをお造り申し上げますよ」

伝えられるところでは、その時大宰相は、この建築師は一体何の話なのかほとんどわかっておらず、しかもトルコ語がだいぶ苦手らしいと判断したという。

「おまえがきちんと理解できていないのに、どうやって陛下がおまえにお望みを説明できるのだ?」

「夢を見る者に祖国はなく、夢はことばを知りません。陛下の、あらゆるモスクの中のモスクなど、夢でなくて一体なんでしょう」

この言葉が大宰相の気にいったかどうかはさておき、ともかく建築師はスルタン・アフメドの御前に引き出された。そして大宰相が仰天したことに、スルタンは男を窓辺に連れて行くと指で外を指し示した。そこには、ボスポラス海峡から立ち上る霧の中、朝の空気の緑水の中に、空に浮くように、教会の中の教会、帝都の巨大な聖ソフィア寺院が姿をみせていた。滅亡したビザンツ帝国の誇り、もう遥か以前にイスラームの寺院に作り替えられた、キリスト教世界最大の寺院が。

「あれより大きくてはならぬ。なぜなら私とて、あれを建てたユスティニアヌス帝より偉大な支配者ではないからだ。だがより小さくてもならぬ」スルタン・アフメドは言い、ただちに仕事を始めよと命じて建築師を下がらせた。

「アッラーにおかれても、世界創生は初めての試みだったんだ」建築師は退出しながらそう考えた。何であれこの世でまっとうになされるためには、二度やる必要があるってことだな。男は靴を脱ぐと聖ソフィア寺院の巨大な丸天井の下に入った。「今や問題は」もの思いにふけりながら心の中でこう付け加えた――「墓に入る時、酔っ払っていたほうがいいか、しらふのほうがましか、だ」

男はまず、敷石で覆われ階上へと続く入り口の間を上り、寺院のバルコニーと回廊から、眼下の空間へと視線を投げた。見えたのは九組の扉に閉ざされた広間のような光景だった。それから上の階にある、外に張り出した回廊を巡り歩いた。そこで彼を待ち受けていたのは、うす闇の中に光を放つ目だった。まだはげ落ちていないモザイクのそれらの目は、イエス・キリストと聖母の顔から彼を見つめており、それを縦横に覆うように、コーランの一節が記された革製の盾が並べられている。けれども彼は読み書きを知らなかったので、読むことはできなかった。聖像画を照らす無数の灯火が、はるか足下、寺院の敷石の上で煌めき、まるで夜の星空を、普通に下から見上げるのではなく、神のように上から見下ろしているかのような思いにさせた。それからゆっくり下に降りると、男は、イスタンブールで一番背の高いラクダを引いてくるようにと言いつけた。それからまた、通称アトメイダンと呼ばれる向こうの競馬場の脇に、一万人の職人をしかじかの日に集めるように、とも。

それからの一〇年間、建築師は毎朝聖ソフィア寺院に出かけ、自分の紐で土台や壁、内部のものを測った。祭壇、聖歌隊用の席に窓、司祭部屋、聖体礼儀室、合唱隊用の回廊、教会の身廊、柱廊や張り出し廊下、丸天井。そして扉も測った。入り口から節三つ、上に節四つ。それは競馬場の脇の砂地にいる棟梁たちに伝えられ、彼らは男の指示通り、同じように結び目を作った撚り糸に従って建築を続けた。男がラクダから転げ落ちて死ぬか、風に吹き飛ばされるか、さもなければ蛇に呑みこまれるかしたら、その翌日から建築が続けられたものかどうか、わかったものではなかった。建築師ただ一人がどこまで進んだかを知っており、先々の計画はすべて彼の胸の奥深くにしまわれていた。けれども大きなフタコブラクダを走らせながら建築現場に赴くとき、男はいつも、遠距離の位置を利用して、視界に入りきらないような巨大な入り組んだ輪郭の外壁と屋根のあらゆる細部を頭に叩き込んだ。ラクダの頭と背中合わせの姿勢で、聖ソフィア寺院にじっと目をこらす。そしてそんな時彼は思うのだった――画家っていうのはけっこう、自分が描く絵の色を見ているんじゃなくて、色を囲っている空間を見ているものなんだな。そして描くべきは、輪郭をもった色じゃなくて、空間の輪郭のほうだと思っているわけだ。だから彼も、聖ソフィア寺院から離れてそのありとあらゆる角と窓の形を覚え、巨大な円屋根と建物の縁を囲んでいる空の断片、一度見たなら決して忘れることのできないその断片を、記憶の中に刻みつけた。なぜなら、ある空間の前にどんな物体や生き物が存在していたかは、おろそかにはできない問題だからだ。空間とは実際、それ以前に存在した物に合わせて造られた型のようなもの、空間は、そこを満たしていた物体を負うているものだ。この世界も我々の中も、そういう負荷を担った空間で満ちている。

建築師はこうして目で記憶する鍛錬をつづけ、ついにはまなざしがチーズのようにどろりと濃くなり凝固して、両の目がまるで投石機から飛んできた二つの石のようになった。そして最後に、外界の空と同じように、彼もまた空白の形――匂いを持ち、イコンを照らす灯火の明かりの下、壁でできた皮膜の中を自ら満たし保っているその空白の形を、記憶に刻みはじめた。そして男がこの場所で、聖ソフィア寺院のあらゆる細部に深く沈みこんでいくほどにますます早く、競馬場の隣の川辺には壮麗な、絢爛たるモスク、モスクの中のモスクが姿を現していった。

けれども、彼には何かが納得いかなかった。聖ソフィア寺院はその石の中にキリスト教会の叡智を保っていたが、競馬場の砂地に現れたモスクはさながらその本性と意図において、そしてまた形において、原型となった建物に抗っているようだった。以前からあった教会と、その姿形を模して作られた新しい寺院は、あたかも相争っているかのようなのだ。建築師は胸の奥底に、恐ろしいほどの亀裂と隔たりを底なしの淵のように感じながら、二つの建物の断絶を埋め、彼らを和解させなければ、と思った。先立つ巨大な教会、その叡智がすでに石と化した教会を制し、鎮めなければならない。教会の石の味を、男は夢に見るまでに覚えていた。けれども彼の建てた寺院の石にその味はなかった。要するに、スルタンの棟梁の仕事は、完璧にはほど遠いものだったのだ。

建築師は何年もの間、聖ソフィア寺院から建設現場までの途中で寄り道をすることもなかった。ようやく、もうこれ以上何を命令したらいいのかわからなくなり、時折、競馬場へと馬を走らせるのを避けるようになった頃になって、大きな市場があることに気づいた。市場からアーケードの下の入り組んだ街路を通って金角湾まで降りていくと、エジプトから入港した船が香油や薬味などを荷下ろししていた。男は魅せられたように中に入り、何か買うものを探し求めた。

「白檀油はいかがで？」香料商人が尋ね、磨《す》りガラスでできた小さな瓶を、もう一つのもっと大きな瓶の下に押し込んだ。薄暗がりの中で二人はじっと待ったが、何も起こる様子はなかった。やがて、買い手がもうあきらめて出て行こうとした時になって、商人が言った――

「コーランの一節を読み通すくらいの間は、待つもんですよ」

買い手は字が読めなかったので、コーランの一節を読み終わるのにどのくらい時間がかかるのかわからなかったが、次の瞬間、大きいほうの瓶の逆さになった口から、彗星のように輝く滴が現れて、ゆっくり下に尾を引きながら、小さい瓶にポトリと落ちた。

「試してみます？」商人は尋ね、指で器用に瓶の首を拭い、その指を買い手の方に突き出した。男はそこからわずかばかり自分の指に取って、衣服にこすりつけようとした。

「服の上じゃない！」商人は警告した。「焦げちまいますよ。掌《てのひら》だ、じかに掌の上に」

男が言われた通りにし、匂いを嗅ごうとすると、商人は彼を引き止めた――「今日はだめだ、旦那、今日じゃありませんよ。三日たったらで。その時本当の匂いが立ち上ってくるんだ。そして汗の滴の匂いと同じくらいの間続きますよ。ただし汗より強いがね、なにしろ涙の力を持ってるんだから」

この時建築師は、なぜ自分の建物が抵抗を示したのかを理解した。三日を経る必要があったのだ。今すぐではなく。手を鼻孔に近づけるのはまだ早すぎた。完成の日を選ばない仕事など、あるはずがない。完成のためには、しかるべき日を待たなければならない、しかるべき日を。そして彼はそうした。

建物がついに完成し、棟梁たちが丸天井を閉じると、建築師はまず最初に、頭上の隙間を通して片目で半月と星をとらえ、それからもう一度聖ソフィア寺院に戻り、そのほど知れぬ高みをじっと見つめた。そこには、丸天井の暗がりの中、灯火を吊すための鎖に掛けられて、楕円形の白い物がぶらさがっていた。長い間眺め、またあちこちに尋ねてまわった揚げ句にようやく、それが何であるかわかった。ダチョウの卵だった。何の役に立つのかはわからなかったが、誰のためであるかはわかっていたので、建築師は新しいモスクにも同じようなダチョウの卵を二つ、吊り下げるよう命じた。それからすでに完成した建物の中に入り、大きな鞭を打ち鳴らしながら、何回反響が聞こえるかを数え、再び聖ソフィア寺院に戻った。そして鞭を鳴らすと、彼の造ったモスクの中より反響は一〇回多かった。そこで新しい建物のアーチに、レンガで造った大きな房を四つ取り付けるよう指示した。四つの房はモスクに必要な数の反響をもたらし、同時にロウソクの灯火の煤をすっかり吸収したので、房についた煤は、あとあと、刮ぎ落とされるとイスタンブールで最良の墨を提供することになった。また二つのダチョウの卵は蜘蛛を追い払ったので、モスクには今なお蜘蛛の巣がないのである。

そして建築師は、入り口に両開きの革のカーテンをしつらえ、敷物の下にはブハラから切り出した石を敷き詰めるよう命じ、スルタンの前にひれ伏してブルーモスクを差し出したのだった。

故郷に戻る途中も建築師は、聖ソフィア寺院の入り口の間や土台の部分に降りて、自分の紐と結び目で聖ソフィア寺院の大きさを測っては、それを胸にしまい込んでラクダに乗りどこかへ赴く夢を見続けた。聖ソフィア寺院の石のあらゆる部分も、再び夢に出てきた。そして目が覚めるといつも、奇妙な感覚があった。どうも具合が良くない、どこか変わってしまった、まるで数知れない、穴だらけの夢の間に足を踏み入れてしまったようだった。もはや、昔の自分の生活に馴染むことはできなかった。彼はすでに、かつての彼ではなかった。夢の数々は次第に薄れたが、それでもなお、男は自分自身の中に奇妙な病を感じ、その病を治す薬を求めて医者から医者へと尋ね歩き、こんなに大変な思いをしながらなかなか年をとらない、と嘆いた。

旅路も終わりに近いころ、一人の薬草師が彼に言った――「どんな死にも父と母がある。あなたの病の元凶となっているのは、あなたの死の母親ではなく、父親ですね」

「どういうことです?」彼は尋ねた。

「医者に薬を求めても無駄だということですよ。あなたの痛みは肉体のものではないのだから」

そして建築師はもと来たところ、彼をイスタンブールへと見送った法学者のもとへと帰り着き、自分の不運について残らず語った。ひととき法学者は、というより法学者の鼻の穴は、二つの近視眼のように彼を眺めていたが、やがて身震いすると法学者は確かな調子で言った――

「どうなったのか、私にはわかる」

「何なのです?」建築師は唸るように言った。

「あなたはキリスト教徒になってしまったのだ」

「キリスト教徒だって? 俺は字も読めないし、異教の、キリスト教の寺院に足を踏み入れたことすらないんですよ。ただ……」棟梁は言うなり、激しく息を吸い込むような音をたてたので、法学者は彼の背を本で叩いてやらなければならなかった。

「薬は、あるんですか?」恐怖におののいた末に、建築師は叫んだ。

「ある。しかし手に入れるのは、人の魂を手に入れるのと同じくらい容易ならぬことですな。あなたは、もう一人、別のスルタンと、そして帝都のブルーモスクに匹敵する大きさのモスクを探し出す必要がある。そして、ダマスであろうとイェルサレムであろうと、どこであろうとその見つけた場所にとどまり、モスクの中で再び一〇年間それを見つめ続け、モスクとまったく同じ大きさの、頂きに十字架を冠した教会を建てなければならない。さもなければシナゴーグ、あるいは、あなたがその気なら浴場、何でも構わないのだが。しかし」

――自分自身から治癒した者は、破滅する。


(Плава џамија / Plava džamija)

裏返した手袋

一八一〇年のある秋の日の午後のこと、ドシテイ〔ドシテイ・オブラドヴィチ（一七三九―一八一一）はセルビアの啓蒙時代の作家〕は、宝石の代わりに凹面鏡がはめ込まれた指輪を見ながら、ナイフで自分の顔を剃ろうとした。けれども手袋が見あたらなかった。彼は、これまで一度も素手で髪にふれたことがなかった。手袋は真っ白で、緑色の絹の裏地がついている。部屋中をくまなく見まわし、着ているガウンを引っぱり上げてもみたが、手袋はどこにもなかった。それでこう思った――何かの考えで別の考えを捕まえようとするのは、鳥を別の鳥を使って捕まえたり、ハウンド犬で狼を狩ったりするのと同じようなものだ……。

ドシテイは、中庭にいる若いブチの雌牛のところに降りていった。それは士官で画家でもあったペタル・ニコライェヴィチ・モレルからの贈りものだった。ドアからカウベルをはずして、そこに羊飼がやるように乳を搾って入れた。階段を上がる頃になると、もう空腹感はしぼんでおさまり、反対に喉の乾きが目をさまして意地悪いまでに激しくなっていた。そんな状態でドシテイは、彼の生徒であるアレクサが宿題をやっている部屋に入った。アレクサの口は目ほどの大きさで、目がなにかをじっと見ている間はずっと細められている。教師は生徒にミルクの入ったカウベルを渡し、空いているほうの手で少年のノート類をかき集めた。少年がミルクを飲んでいる間、カウベルを支えてやり、ときどき口元を指で拭いてやった。目には汗、口には涙――ドシテイは心の中で言い、そして口に出してこう言った――

――若殿下アレクシイェ様、この世は秘密で満ちております。そしてそれらの秘密は狩の罠のように私たちの前に仕掛けられています。もちろんどんな罠でも獲物を選ばずに捕まえられるわけではなく、それぞれの罠には専用の獲物がいるのですが。ライオンを捕える網でネズミは捕まりません。

そして少年に、一八〇一年にブダペシュトで刊行された『自然学』を、読んでごらんなさいと差し出した。

少年はその本を読みながらずっと、先生がドナウ川を上ってペシュトに連れていってくれると話したことを考えていた。あそこでは、雨は水に注ぐんじゃなくて水から上に昇っていくんだ。それにハンガリー人たちが、陛下ではなく父上のお芝居をやっていて、父上は主人公なんだ――そうはいっても少年にはいまいち、よくわからなかった。父上が、ベオグラードの町と対トルコ戦争を放り出して一人でペシュトのハンガリー人たちのところにお芝居をしに行ったのか。そしてその間に誰かが父上の剣を腰に帯びて陛下になったのか、それとも誰かがハンガリーで父上の剣を帯びてその生涯を演じているあいだに、ほんものの父上はこっちで一夜にして指揮官ではなくなったのか。あっちで芝居をやっている間に、こっちではみんなが父上を恐れるのをやめて命令に従わなくなってしまったのだろうか？　だけど、こうして自分の考えを追い回してどうなる？　アレクサは思いながら、『自然学』の本の中にまったく違うことを読んでいた。

「我々の親や先人たちが少しでも自然学を知っていたら、公現節に水がワインに変わるのを見た、とか、どこかの壺がヴィディンからクラドヴォへと旅していくのを見た、とか、誰それが妖精や幽霊、もしくはヴェールを引きずった吸血鬼を見たとかいう話を我らに聞かせることもなかっただろう。こういう迷信はすべからく、ここの啓蒙の水準がまだこんなにも低い状況であるということの明らかで変わらぬ事実を示す証拠以外のなにものでもない」

ここで少年は読むのをやめ、テーブルの角に掌《てのひら》を擦りつけている教師を見上げて言った。

――いつになったら僕たちは、民衆の中にある迷信を根絶やしにできるんですか、先生？――こんなふうに話しかけなくてはいけないことを少年は知っていた、そうすれば褒められるし、教師にそうしつけられていたのだ。そして今も、いつもの答えを予想していた。少年の視線が薄暗がりの中できらりと光り、顔には密かな笑みが浮かんだが、それは目より先に色褪せた。ドシテイは、人の魂はまこと喜びと健やかさを、体は嘆きと知恵を、その内にもつものだと思った。彼の知人たちの顔はどれも、うつわや皿にもられた料理になぞらえると一番わかりやすかった――ヴェリコレメツキ修道院長のソフロニェ・ラザレヴィヴィチはあばら肉入りキャベツ煮込みだし、ゼムンのパヴコヴィチ夫人はキノコのヴィネガー漬けだ……そして生徒の頭の後ろをなでながら言った。

——アレクサ殿下、いいですか、月日も年も短くなり、体は老いますが、それでも魂は、まだまだ、もっと、と望むものなのです。

少年は驚いて、じっとしていた。まったく別の答えを予期していたからだ。そしてじっと教師の顎髭の間にある穴を見つめた。まるで、目をくり抜いたあとの傷跡みたいだ。

それから下で誰かがドアノッカーを叩き、ドシテイあてにゼムンから届いたばかりの配達物を持ってきた。パヴコヴィチ夫人からの、まだ暖かいおいしそうな丸パン《ソムーン》が二つ、それにドシテイがドナウ川の向こうに空っぽで送ったボトルに詰められたクルシェドル産のワイン。そしてオーストリア王室からの、丸い箱が一つ。箱は、若い女性のように香水をまとっている。ドシテイと生徒は箱の中から、見たこともない新しいもの、この地方ではまだ知られていない品物を取り出した。黒い犬の毛皮で作られていて、被りの部分が深く、顎の下で結べるようにとリボンがついている。シルクハット——添え状にはそう書かれていた。——皇帝のお膝もとのウィーンでは、このようなものが新趣向として流行っております。

帽子を手に取って回しながら、ドシテイは帽子のリボンに次の言葉が書かれているのに気がついた——「あなたの過去はあなたの沈黙に、現在はあなたの言葉に、未来は誤った歩みに、隠されているのです」

——どういう意味ですか——少年は尋ね、ドシテイはこの奇妙な品を箱に戻しながら答えた。

——まずアレクサ若様、あなたに申し上げねばならないのは、どんなものでも、たとえもう一〇〇回手にとったものでも、見直すたびにいつも必ずなにか新しい発見がある、ということです。

そういいながらドシテイは思った——私の断食は、君のおむつだよ、坊や……。

火薬と沼地の香りがする夜明けが訪れると、ドシテイは自分のブーツを、まるで井戸の底を覗き込むようにして見て、底がないことに気がついた。ブーツを脱ぐと、小さな船着場に向かった。そこからは船でクラドヴォに、人目をさけて行くことができる。二台の馬車は、アレクサ若様とお付きの一行を乗せて重く、けれどベンチは教師のスーツケースの蓋のように軽く、川沿いを飛ぶように走り、その間アレクサはその走る様を見ながら思った——グロシュ銀貨は足が早い、馬より早い……。

馬車が止まると、日が射してきた。一行は梨の木の下に止まって毛布を外に放り出し、船が到着するのを待った。ドシテイは毛皮のコートと帽子を取り、近くの木の枝にかけてから、岸辺を散歩しはじめた。躓《つまず》くような足取りは、まるで足が交互に「スボティツァ、セゲディン、スボティツァ、セゲディン」と呟いているようだ。船頭と御者たちは、木に引っ掛けられた見慣れぬ黒い物を、それが犬の毛皮で作られたシルクハットで、帝都ウィーンから川と国境と戦さを越えて届けられたものだということも知らずに、見つめていた。

オールにシャツを巻いた船が、音もなく船着場に到着した。ドシテイはすぐ船に乗り、彼の毛皮の外套と旅行鞄も一緒に船べりごしに積み込まれた。アレクサは馬車からドシテイに手を振り、教師が口で彼にキスするのが見えた。岸辺では、梨の枝にかけられたあのみごとな品、黒い帽子がリボンをなびかせたまま忘れられていた。そのままいったい誰のものか、どこからきたのか、そもそも何なのかもわからなくなった。

こうして、この品にまつわる騒動がはじまった。ヴィシニェツァの村の女たちはこれを鍋の一種、つまりはお釜だといい、猟師たちは自分の目でこいつが、死人の骨で苦しんでいる鳥を呑み込むのを見たといった。葡萄の実がワインを含みはじめるという聖ヴィドの日には、釜が二人の女の子を窒息死させ、鳩たちが、ネギを植える季節だと騒ぎだす時期になると、どこかの見知らぬ男が釜を頭にかぶってあえなく一巻の終わりとなった。この釜の尾に締め殺されたのだという。それから釜はなにかの黒い生き物のように、またもとどおりの枝で発見された。その後、冬の風で帽子は毛羽立ってぼろぼろになり、いっそう血に飢えたような様相を見せはじめた。人々はこの帽子の下でタバコを焚いて、その煙でどこかに追い払おうとした。煙は悪魔を追い払う力があるからだ。けれども成果はなかった。帽子に向かって発砲した兵士たちは、ニワトコが咲く季節になって、三つ目の女の子の姿をした小悪魔とホオジロを見つけることになった。そのホオジロどもといえば、煙を餌にして、帽子を屁とも思わず、それがかかっている梨の木へと飛んでくるのだった。

一八一一年の春のある朝のこと、アレクサがドシテイのところに来て言った。

——先生、あの先生のウィーンの帽子は、ものすごい迷信を生み出しています。例の犬の毛でできた帽子ですけど、ストイコヴィチの三巻本の『自然学』にでてくる妖精と吸血鬼を全部集めても敵わないほどです。どうして、先生、民衆はあなたの帽子に迷わされ、蒙昧な民はあれに振り回されるのですか？

外では誰かがフルートを吹いており、ドシテイは自分の愛弟子の耳を撫でながら、黒い帽子についてあれこれ議論する気分にはなれなかった。それに、彼の近くで占いをしながら、橋をゆらせないかとばかりに川向こうめがけてイチゴを投げているヴラフ人の女たちのことも。アレクサの顔を見ながら、この綺麗な顔はまさに、よく香辛料をきかせた一皿のジュレだなと思った。そして言った。

――若様、もう一度このことを申し上げなくてはなりませんな、どんな品物でも、もう一〇〇回手にとってみたとしても、必ずそのつど何か新しく思いがけないものを見出すものです。

――でも、とアレクサはドシテイの返事に満足せずに言い返した――先生の、あのリボンのついた黒い帽子は、去年先生が梨の枝にかけたものとは別のものになったのではないのですか、何かまったく新しい別のものに。それでみんながあれこれ噂している……。

――音で聞こえる一撃はそれほど大きなものではないのですよ、アレクサ様――ドシテイはもう一度、自分の愛弟子を撫でようとしたが、弟子の方はそうさせなかった。ドシテイも彼を見ながら、ある物事は別の物事の過ちの結果にすぎないということをこの子にわからせるすべはないな、と思った。それにそのことを言うつもりもなかった。アレクサは黙りこみ、そのだんまりの表皮だけが音を立てた。その表皮の下にある脅しがいったい何なのか、教師は推し量るしかなかった。体の中で、痛みが生きた魚のように跳ねた。

三月だった。ドシテイは、ロシア人のところへ行った時のことや、去年のクラドヴォのことを夢に見た。あそこへはご主人の命令で派遣され、それぞれに二六の窓があり四つの扉のある一二軒の家が並ぶ道を通ったのだった。頬に枕のボタンを感じて目が覚め、それからドシテイは、西に向かって走るのは戦闘に負けることで、東に向かって走ることは正気を失うことだと思った。これはたんに彼の戦闘や正気の話ではなく、アレクサの父である閣下の話なのだ。そこで目覚めのときにふとドシテイは、閣下の顔は塩漬けのジビエ料理だ、と思いついた。

季節は、毛皮がむしられ耳がひどく匂う頃になった。生徒が来て、知らせを伝えた。

——先生、毎週土曜日になると大勢の民が帽子の周りに集まって輪になり、「独り言」のだんまりコロダンスを踊っています。お互いの耳に唾を吐きかけて。ヴィシュニアからサヴァ川の河口までのあらゆる民が唾で耳をいっぱいにしています。今こそ先生があの者たちの蒙を払い、知恵の目を開かせて頭を悟性で支配させる時です！　釜は誰も殺すことができないばかりでなく、ただ頭にかぶるための帽子だということを、皆に示してください。直ちにです。

そして少年というよりはもう青年といったほうがいいアレクサは、軍の最高指揮官の口調で命じた。

——的を打ち損ねたらつねに、何を撃ったのか確かめるべきだ、先生！

こう言い放って、窓辺に並んだドシテイの本を指差した。

ドシテイはハッとして思った——一つの魔術が泥に埋まって、代わりに別の魔術が泥から現れてくるわけだ――それから大きな声で、アレクサ様と私に馬車を用意するようにと言いつけた。どこにいくというあてはじつはないのだが。

梨の木の枝には、犬の毛でできたドシテイの黒い帽子がひっかかっていた。日光と寒さでへたれ、ツルツルになった帽子は風に揺れ、細かい文字がびっしり書かれた尻尾を振っていた。梨の枝の下には、前の年にここで締め殺されたという男の墓があった。その石碑の名前の上にはこう書かれている

――

あたかも昨日ここに眠ったようだ

一八一〇年

墓と帽子のまわりには、まるで教会の中のように人々が集まり、それぞれがお守りにと熱い草を口にくわえていた。

教師は、字が読めない無数の視線を感じながら、馬車から降りた。アレクサは護衛に囲まれて彼の後ろに立ち止まり、まるで自分の前に一〇〇人部隊を前進させているかのような燃える視線で、その後ろ姿をじっと追った。そのときドシテイの心にはこんな思いが浮かんだ。

――不思議なものだ、人が次の世紀を迎えることも、別の人間になることもなく、ただかつてそうであったもの、けれども、もうそうではないものとして留まらなくてはならないとは。だが私はこの

道を歩いてきた。望むと望まないとにかかわらず、前進してきたのだ。

それからゆっくりとした歩みで梨の枝に近づき、そこからリボンのついた黒い帽子を取って、自分の頭にかぶった。それと同時に何百という喉元から熱い草が吐き出された。それからドシテイは押し黙った人々の吐き出した草の匂いの中を通り、アレクサの光をなくした視線に見つめられたまま二輪馬車に戻り、中に転がりこむと町へと馬を走らせた。

ドシテイの館の前で二輪馬車の扉が開くと、座席に深く身をうずめて窒息している彼がいた。そしてあの黒い毛の帽子は馬車からするりと転がり出て、風にのってベオグラードの町並みを超え、十字路の上に来るたびにその毛を落とし、文字のいっぱい書かれた尻尾をなびかせながら飛び去っていった。

＊

それからドシテイは押し黙った人々の吐き出した草の匂いの中を通り、アレクサの光をなくした視線に見つめられたまま二輪馬車に戻り、中に転がり込むと町へと馬を走らせた。押し黙った人々の吐き出した草の匂いがその後を追った。彼はゆっくりとした歩みで梨の枝に近づき、そこからリボンのついた黒い帽子を取って、自分の頭にかぶったのだった。
そのときドシテイは思った——不思議なものだ、人は次の世紀を迎えることがなく、別の人間になることもない。ただそうであったもの、けれども、もうそうではないものとして留まらなくてはならない、ちょうど裏返した手袋のように。だが私はこの道を歩いてきた、望むと望まないとにかかわらず。賢者は世間に気づかれることはない。彼らは、その叡智をなんとしてでも、悪事や金と同じように隠そうとするものだ。

教師は、字が読めない無数の視線を感じながら、馬車から降りた。アレクサは護衛に囲まれて彼の後ろに立ち、まるで自分の前に一〇〇人部隊を前進させているかのような燃える視線で、その後ろ姿を追った。墓と帽子のまわりには、まるで教会の中のように人々が集まり、それぞれがお守りにと熱い草を口にくわえていた。石碑の名前の上にはこう書かれている。

あたかも昨日ここに眠ったようだ

一八一〇年

梨の木の枝には、黒い犬の毛でできたドシテイの帽子がひっかかっていた。日光と寒さでへたれ、ホポヴの風にむせび泣くように揺れ、文字がびっしり書かれた尻尾を振っていた。梨の枝の下には、前の年にここで締め殺されたという男の墓がある。

ドシテイはハッとして、あらゆるものの中身は憎しみで、愛は形だけだと思い、アレクサ様と私に馬車を用意するようにと言いつけた。どこへいくというあてもなく。

そのとき、少年というよりはもう青年といったほうがいいアレクサが、軍の最高指揮官の口調で命じた。

——的を打ち損ねたらつねに、何を撃ったのかを確かめるべきだ、先生！

こう言い放って、窓辺に並んだドシテイの本を指差した。——今こそ、先生が彼らの蒙を払い、知恵の目を開かせて頭を悟性で支配させる時です、先生。釜は誰も殺すこともできないばかりでなく、ただ頭にかぶるための帽子だということを、皆に示してください。直ちに！

時は三月だった。ドシテイは、ロシア人のところへ行った時のことや、去年のクラドヴォのことを夢に見たが、その夢を吹き飛ばそうと思えばそうすることもできた。目を覚ましながら、西に向かって走るのは徒競走に負けることで、東に向かって走ることは正気を失うことだと思った。時間が伸びていくのが感じられた。そうとう長いこと逆走したら、時間の限界を超えて時間の外に出られるかもしれない、そんな思いが浮かんだ。体の中で痛みが生きた魚のように跳ねた。アレクサの中に秘められた脅しを、ドシテイは推し量るしかなかった。アレクサは黙りこくっていて、そのだんまりの表皮だけが音を立てた。それでもアレクサを見ながら、彼に言うつもりはなかった。私たちはただのデコボコでざらざらした織布でしかなく、機織り機から出て、あらかじめ決められた壁の場所に自分の影を投げかけるだけの存在なのだと説明する術《すべ》はないのだから。

——先生の、あのリボンのついた黒い帽子は、去年先生が梨の枝にかけたものとは別のものになったのではないのですか、何かまったく新しい別のものに。それでみんながあれこれ噂してる……。

外では誰かがフルートを吹いており、ドシテイは自分の愛弟子の耳を撫でながら、黒い帽子についてあれこれ議論する気分にはなれなかった。それに、彼の近くで占いをしながら、橋をゆらせないかとばかりに川向こうめがけてイチゴを投げているヴラフ人の女たちのことも。少年は、余分に耳を一つ持っていたが、その三番目の耳は聴力を持つに至っていなかった。それからドシテイは思わず身震いした――もし少年がまだ音楽を聴いているときに、父親が彼の耳に指をつっこんだらどうなるか、まだ歌をうたっている口を指で閉じたらどうなるか。父はこの子を殺してしまうだろうか。

一八一一年の春のある朝のこと、アレクサがドシテイのところに来て言った。

――兵士たちが先生の帽子に発砲して、そのあと、ニワトコが咲く頃になって小悪魔どもを見たと言っています。民衆はといえば、あの帽子の下でタバコを焚いて、煙で追い払おうとしている、煙は悪魔を追い払うものだからと信じて。どこかの見知らぬ男が締め殺されて、そしてこの物体は何かの黒い生き物のようにまたもとどおりの枝で発見されたとも。葡萄の実がワインを含みはじめるという聖ヴィドの日には、二人の女の子が釜に絞め殺されて、ルジツァの教会の聖職者たちは、釜が毎夜、黒い星に変身して家々や教会の中に入り込み、自分の光でもってロウソクやランタンの明かりを消してしまうのだと信じているんです。士官たちはいつも二〇人隊に、春になると最初に葉をいっぱいにつける木を与えますが、その彼らもあれは、自分で自分の鼻を斧で切り落とした聖トリフォンの頭なのだと言い、漁師たちは漁師たちで、釜が夜中に「父親に殺されたいと思う奴は息子に殺される」と言うのをこの耳で聞いたと言い張っています。

こうして、この品にまつわる騒動がはじまった。ただ、通りかかる馬だけが釜を恐れなかった。アレクサは馬車からドシテイに手を振り、教師の口を読むこつをすでに身につけていたので、教師が口で彼にキスするのを読み取った。その岸辺では梨の枝にかけられたあのみごとな品、黒い帽子がリボンをなびかせたまま忘れられ、いったい誰のものかどこからきたのか、そもそも一体何なのかもわからなくなった。

オールにシャツを巻いた船が、音もなく船着場に到着した。船はドシテイをすぐに乗せ、彼の毛皮と旅行鞄も一緒に船べりごしに積み込んだ。ドシテイは毛皮のコートと帽子を取り、近くの木の枝にかけてから、岸辺を散歩しはじめた。二台の馬車は、アレクサ若様を乗せて重く、けれどもベンチは教師のスーツケースの蓋のように軽く、川沿いを飛ぶように走り、その間アレクサはその走る様を見ながら思っていた――グロシュ銀貨は足が早い、馬より早い……。

火薬と沼地の香りがする夜明けに、ドシテイは自分のブーツを、まるで井戸の底を覗き込むようにして見て、気がついた。底がない。ブーツを脱ぐと、小さな船着場に向かった。そこからは船でクラドヴォに、人目をさけて行くことができる。

――まず、若様、あなたに申し上げねばならないのは、どんなものでも、たとえもう一〇〇回手にとったものでも、見直すたびにいつも必ずなにか新しい発見がある、ということです。

――どういう意味ですか――少年は尋ね、ドシテイはこの奇妙なものを箱に戻しながら答えた。

――「あなたの過去はあなたの沈黙に、現在はあなたの言葉に、未来は誤った歩みに、隠されているのです」

それから下で誰かがドアノッカーを叩き、ドシテイあてにゼムンから届いたばかりの配達物を持ってきた。パヴコヴィチ夫人からの、まだ暖かいおいしそうな丸パン《ソムーン》が二つ、それにドシテイがドナウ川の向こうに空っぽで送ったボトルに詰められたクルシェドル産のワイン。それからオーストリア王室からの、若い女性のように香水をまとった丸い箱が一つあった。ドシテイと生徒は箱の中から、見たこともない新しいもの、この地方ではまだ知られていない品物を取り出した。黒い犬の毛皮で作られていて、被りの部分が深く、顎の下で結べるようにとリボンがついている。――いつになったら僕たちは、民衆の中にある迷信を根絶やしにできるんですか、先生？――

生徒はここで口をつぐんだ。そしてテーブルの角に掌《てのひら》を擦りつけている教師を見上げた。それからドシテイに、目よりも素早く若返る笑顔を向けて言った。

――先生、夜は、過ぎ去った過去のようですね、足では届かないけれど思い出なら追いつける。死んだ者は人生のすべてを覚えてはいないんですよね、自分の死の時とその理由を覚えているだけで。

そして教師も、生徒にはわかっている、ということがわかっていた。でなければ、教えられもせず、称賛の言葉を得るとはとうてい思えない言葉と考えを口にするはずはない。つまりこの子は、わざと私をあの帽子の下に行かせたわけだ。ドシテイはそう結論づけた。でもどうしてだろう？　それがわからなかったので、少年の口元に耳を近づけた。すると少年は思いきりその耳に唾を吐き掛け、そのまま読書を続けた。

「我々の親や先人たちが少しでも自然学を知っていたら、公現節に水がワインに変わるのを誰それが見たとか、壺がヴィディンからクラドヴォへと旅していたとか、誰それが妖精とか幽霊とか、あるいは私たちの姿が見えるようにとヴェールを被った吸血鬼を見たとかいう話を我々に聞かせることもなかっただろう。こうした迷信は、ただ、ここの啓蒙のレベルがまだこんなにも低い状況であるということの明らかで変わらぬ証拠以外のなにものでもない」

アレクサはこれを読みながら、ぜんぜん違うことを考えていた――でも誰が自分の考えを追い回したりするものか？　あっちで演技している時にこっちでは恐がるのをやめて従うようになる。けれども少年にはいまいちよくわからなかった――父上がペシュトのハンガリー人たちのところに一人でお芝居をしに行って、ベオグラードとトルコ戦争を放り出したのか。ハンガリー人のところでは誰かが父上のかわりに剣を腰に帯びて父上の役割をしているだけで、ほんとうの父上はここで一夜にして陛下になったのか。僕は先生と一緒にペシュトに行きたくなんかない。それより、父上だか陛下だかがあっちで主役を演じている間にここベオグラードで父上が指揮官でなくなったとき、父上の剣を腰につけたいんだ。そして父上がたとえ帰ってきても、絶対に外さないんだ……。

――アレクシイェ様、ライオンを捕える網でネズミは捕まりません――教師は言った――この世界は秘密でいっぱいなのです、そしてそれらの秘密は狩の罠のように私たちの足元に置かれています。もちろんどんな罠でも、獲物を選ばずに捕えるわけではありませんが。どの罠も、それなりのやり方でほかのものより抜け目がないのですから。

こういう次第で少年は、教師にはわかっていると知ったわけだった。そしてこの教師は危険だと早くも察した。この教師は口から口へと考えを読み取る。だからお払い箱にしようと決めて、帽子の下へと行かせたのだ、その道がどこへ通じるのかはわからないが。

教師は生徒にミルクの入ったカウベルを渡し、空いているほうの手で少年のノート類をかき集めた。少年がミルクを飲んでいる間、カウベルを支えてやり、ときどき口元を指で拭いてやった。まだあどけなさが残る口元を。それから、失礼しますと退出の挨拶をしたが、指に感じた口はアレクサのものではなかった。アレクサの父親のものだった。そしてそのミルクの暖かさの中に、神の言葉が聞こえた——こう考えながらドシテイは、彼の生徒であるアレクサが宿題をやっている部屋に入った。ミルクのはいった鈴で手を温めながら階段を上り、その間ドシテイは思った、神は口から口へと言葉を伝えるのであって、耳はそこから排除される。だから神には、聞く耳がないのだ、と。すっかりもの思いにふけりつつ、士官で画家でもあるペタル・ニコライェヴィチ・モレルの贈り物である自分のブチの若い牝牛に近づいて、ドアからカウベルをはずし、そこに羊飼がやるように乳を搾って入れた。そして思った——ある鳥が別の鳥を獲物にし、ハウンド犬が狼を獲物にするように、一つの人生は別の人生を獲物にするわけだ……。

そのあと、部屋中をくまなく見まわし、着ているガウンを引っぱり上げてみたが、手袋はどこにもなかった。彼はこれまで一度も髪に素手でふれたことがなかった。それから手袋を見つけた。それは緑色の裏地を表にして、緑のベッドカバーの上に置かれていた。手袋をはめ、一八一〇年のある午後、ドシテイは宝石のかわりに凹面鏡をはめ込んだ指輪を見ながらナイフで自分の髪をカットした。ただ、鏡には、カットしている髪の下の顔は写っていない。顔の代わりに写っていたのは、一皿の魚のスープだった。

(Изврнута рукавица / Izvrnuta rukavica)

どんな魂だって、いちばん居心地のいいひと時を持てる、もしも魂がそんなものを、どこかの時間の隙間で掘り当てることができるならね……。

こう思いながら、ロマンス学科の学生スターシャ・ゾリッチは借り部屋の壁に木製のスプーンを掛けた。それは、父親の家から持ってきた唯一のものだった。父の家はベオグラードの『コピタール館《コピターレヴァ・グラディナ》』に面した場所にあったのだが、その家は、あるとき、家の中で胡椒入りのカボチャパイをつまみにホット・ラキアを飲み干した連中によって破壊されてしまった。跡地には高層住宅が立ち、ゾリッチ一家は離れ離れになった。両親は田舎に小さな家を建ててそこに引っ越し、一八歳だった娘は、プリズレン通りの『金《ズラトノ》の樽《ブレンツェ》』の向かいにあるアパートの一室を両親に借りてもらった。スターシャはそこに引っ越したものの、最初の数日は夜どうしても寝つけず、枕の歯ぎしりを聴きながら、ただ、夜の窓枠が顔に落とす十字架の影を舐めるばかりだった。

――私の星がこっちに向かって来る――ベッドからサヴァ川の上空を眺めて、スターシャは思った――そして、どこかずっと高いところで私の今日の星と出会うんだわ。私と、私の星のところまで来るのは、いつも昨日の星だけど……。

それから、記憶の中で父の家が蘇った――その家に引っ越したゾリッチ一家には、不思議な秩序が出来上ったのだった。トイレの二つの穴のうちの一つが悪魔専用のものと決められた。それに窓の一つ、藁《わら》を結びつけたスプーンの一つ、一本の脚がほかの三本の脚より短い椅子も。そしてその悪魔用の椅子は、家にあるほかのどの椅子より足が早いということになった。ありとあらゆる切断部――木の屋根の端やフェンスのてっぺん、戸口の枠の角などには、必ず切り込みがあり、そこから周囲へと、ハエが飛び回った跡を真似たような無数のこまかい彫刻が刻まれていった。家の窓は幅が狭く、けれども高さはあって、一階から二階まで続いていた。入り口の前には、三日月パン状にへこんだ上り階段が三段、太鼓腹の下り階段が一段あった。家の一角には、郵便箱のような角形の出窓がついていて、そこからは『三つの梨』亭が見え、スターシャはその窓辺で人形遊びをしながら子供時代を過ごした。窓の左側は寝室で、右側はキッチン、中央の、冬になると鳥の羽と藁でいっぱいになる窓の後方には、ダイニングルームがあった。

ダイニングルームの床はいろいろな色の木材でできていて、それぞれの板は、まるで、おのおのが自分の言い分を持っているかのように、違った軋み音をたてた。秋になると、風が、乾いた葉っぱと一緒に部屋にリンゴを運び込んできて、リンゴはベッドの下へと転がり込んだ。大きな暖炉の、ロックされた扉の奥には、なにか不思議な生き物が住みついていて、風が吹くと、中から扉を引っ掻いて、笛でも飲み込んだような声で、出してくれーと叫ぶのだった。ダイニングルームには、色の異なるクッションのついた椅子が置かれていて、それぞれの色でテーブルの上のティーカップ用のソーサーの置き場所が決まった。けれども一番すてきだったのは、部屋の壁が、まるで一滴の血がパン全体に広がったような赤い色で塗られていたことだった。

赤は目的の色、最後の、そして等分割できる色。賢者の石も赤だったし……――彼女は考えたが、まもなく考える時間もなくなった。人生は急ぎはじめ、さまざまな色も、彼女を追い越して歳をとりはじめたからだ。とくに赤は、ほかのどれより早く、歳をとっていった。

けれどもその後、ふいに、スターシャを後戻りさせて、最初の場所に引き戻すことが起きた。ある日、友人たちとヴラニャチカ・バニャに遠足に行き、ゴチ山にのぼって水を探した時のことだった。彼女は、誰よりも先に、それも苦もなく、水を見つけた。そして気がつくと、自分の動きの一つ一つがなにかの色に呼応しているのだった。さらに見ると、森の奥に、とうの昔に壊された父の家の間取りがあった。左には寝室の空間があり、そこから光が射して、右の部屋の、かつて窓があった場所に伸びている枝を照らしていた。中央には、秋で赤くなった森があり、中に入る通路には四つの石があった。違いは、何もかもがずっと大きいことだけだった。スターシャは友人たちを呼び、「中に入って」と招いた。友人たちは、彼女の目の前で、四つの石段を通って赤い森の中に入り、ほんとうならテーブルが置かれている場所をよけて歩き、肘掛け椅子のある場所に座った。それから彼女は、これ以上当たり前のことはないというように、右へと進んで、父の家でキッチンがあった場所で立ち止まり、見もせずに手で泉に触れた。泉は氷のようで透きとおっていて、足を踏み入れることもできそうだった。そこはちょうど、父の家で井戸があった場所だった。

それからミス・スターシャ・ゾリッチは、野原でも山でも、今は破壊された昔の家の寝室、ダイニング、そのほかの部屋をいともたやすく見つけるようになった。階段や窓や廊下、バルコニー、それに脇の出入り口などの間取りが、森の木々が交差する奥のあちこちにあるのがわかり、彼女はときどき、そうした場所に、父の家にあった家具をしつらえてみたいという思いに駆られた。時には、これらの思い出の廊下をあちこちとさまよい歩きもした。そんな場合に方角を確かめるためには、森の窓の一つのところに立てばよかった。見える景色はいつも、山々や、霧の晴れ間、あるいは森の中の草地へと開けていて、それは昔の家の窓からの景色と一致したからだ。そして、木々の枝の間の隙間に目をやって草地のほうを見れば、彼女は、ジョージ・ワシントン通りに面した部屋にいるのだし、霧の晴れ間の三角形に目をやれば、父の家の窓越しに、コピタル館に面したところにいるとわかった。こんなわけで、オリエンテーションはもう問題にならなかった。

もう一つ、彼女が覚えていたことがあった。それは食堂の絵だった。彼女の父親は引退した軍楽隊員で、生涯にわたり、特別な生きがいを持っていた。それは「絵に描かれた音楽」と自ら名づけた問題の探究だった。つまり、ゾリッチ中尉は、音楽の教科書に描かれた挿絵を見た頃から、過去の名画の多くが音楽を演奏している光景を描いていることに気づいていたのだった。もちろん、こうした絵には、いつも譜面帳が描かれていた。たいていは、クラヴサンの上に広げられていたり、ヴァイオリンかリュートの譜面台でめくられた状態になっていたりして、ほとんどの場合、たんにメロディーをざっと書きつけただけのように見えた。

でたらめだ！――こうした絵を見ると父はいつも、顎鬚を刺草《いらくさ》のように燃やしそうになって叫んだ。けれども、ルーペでよくよく見ると、ときには書きつけられたメロディーが本物で、ごく稀には、貴重なものであることがあった。画家はまちがいなく、まじめに、きちんと理解しながら、自分の絵に使った楽譜の旋律を描き、演奏家たちを絵に写しながら、彼らが演奏していた音楽のメロディーをキャンバスに残したのだ。それからゾリッチ中尉は、夢中になってこうした絵画資料を探し求め、音楽の演奏シーンの描かれたリトグラフを集めたり、絵の巨匠たちの作品の複製アルバムを買い求めたりして、絵画に描かれた音楽のコレクションを作りはじめた。巨匠たちの手で描かれたメロディーは、ときには一六、一七、一八世紀に由来しており、それらは、もともとネウマ譜式に書かれたものを、後年の画家たちが現代風の譜面に書き直したものだった。はじめて、そのように描かれた絵から取り出したメロディーを自分のファゴットで吹いてみたときには、すっかり心酔いしれ、それ以後、中尉は本腰をいれて調査に取組みはじめた。この頃の父親は、厳《おごそ》かな心持ちで曇りのない目をしており、死の重さと生の重量の間の差を感じとっていた。中尉自身が確信していたように、絵に描かれた音楽は、ときとして、ほかのどこにも保存されていなかったからだ。そうした音楽は、父の個人的な音楽史だけに保管されたものとなり、それらの音楽を描いた絵が、赤く塗られた食堂の壁に掛けられると、エッチングを縁取る細い金の額がきれいに映えて、夜になると外からもよく見えた。このようにして、ゾリッチ家の一角にあるダイニングルームは、音楽史の一端を示す、ちょっとした展覧会場となった。それらの中に、膝に子犬をのせた婦人の銅版画があった。婦人は黒い手袋をはめてピアノを弾いていて、けれども、その譜面は解読できなかった。まちがいなく絵にはメロディーが描かれていたのだが、謎めいた符号のようなもので書かれていて、ゾリッチ中尉は、どうしてもそれを読み解くことができなかった……。

家が壊され、中尉が絵画をもって田舎に引っ越した後も、絵はあいかわらず同じ場所に集められていた。中尉の娘の記憶の中で。父親の家の間取りや家具をよく覚えていたように、彼女は、演奏家を描いた銅版画の配置や内容をよく覚えていて（父からソルフェージュを習っていたので）父の絵の中のメロディーは全部、歌うことができた。ただ一つ、例外だったのが、あの犬を膝にのせたピアノの女性の絵で、彼女にもその譜面は、判読不可能なものだった。

ここで付け加えておくと、父の家の部屋や置物をいろいろな場所に見つける彼女の能力は、本人にとっては不思議でもなんでもない話だった。彼女にとってそれはごく当たり前のことで、ただ両親の家の思い出がいつも身近にあっただけのことだった。けれども、事はこれだけでは終わらなかった。

ある年の冬、彼女は同学年の学生たちとポーランド側のザコパネにスキー旅行に出かけた。旅行には、ワルシャワをちょっと訪問する時間も含まれていた。スターシャは友達と市内を散策し、シチーと、蒸したパスタのお昼を食べ、まつげに纏《まと》わりつく雪ごしにスタレミャストを見物した。それからクラコフスキェ・プシェドミェシチェを通って新市街《ノヴォミエイスキ》市場に出ると、ちょうど聖アンナ教会の鐘が午後五時を打った。そこで階段を降りて通りの角に出ると、何かが手榴弾のように彼女の目に飛び込んで炸裂した。それは、父の家の角だった。

——私はいったい誰？　この私はいったい誰？——つぶやきながら彼女はその場で目を見張った。一階から二階へと、狭く高い窓が伸びている。家の入り口の前には、三日月パン状にへこんだ上り階段が三段、太鼓腹の下り階段が一段。斜めに掛けられた悪魔用のスプーンが見え、建物のあらゆる切断部——木の屋根の端にも、フェンスのてっぺんにも、戸口の枠のすみにも、切り込みが彫られていた。上には『三つの梨』亭に面した窓もある……。

娘は近づいた。間違いない、何もかもがある。コーナーのダイニングルームは赤い壁で、その一方の脇には寝室、反対側にはキッチン。キッチンの水道も父の家にあったのと同じ場所にあった。ただ一つ違うのは、ここでは父の家で右側にあったものが左側に、左側にあったものが右側にあることだった。家具類も、かつての家と同じように置かれていた。そしてなによりも大事なことに、ダイニングルームには、父の絵画がずらりと並んでいた。

——灯りがつくのを待たなくちゃ、だって——あそこに全部あるなら、夜になれば絵がきれいに見えるはずだから。

スターシャは家の周りを歩きまわって、落ちてくる雪片の一つ一つに名前をつけながら、暗くなるのを待った。雪は色をなくし、ザコパネ行きのバスは出発してしまったが、彼女は辛抱強く通りに立ち続けた。彼女の足元で、冷たい空気が小さな湖になっていくように感じる頃になると、街灯が灯され、彼女の影を雪が覆いつくし、ようやく通りの角にある家に明かりがついた。家の壁はパンに落ちた血のように赤く映え、彼女は近づいて、見たいと思っていたものを見た。絵に描かれた音楽が、父の家の壁にあった絵のとおりに目に入った。絵画はぜんぶ、順番どおりにそこにあった。そして彼女はそれらを見ただけでなく、そこに描かれた音符を見ながら、いくつかの曲を心の中で口ずさんでみた。絵はどれも昔通りで、そこにはあの、子犬をのせたピアノの婦人もいた。

この発見にショックを受けたゾリッチ嬢は、いったいどういうことなのか、はっきりするまでワルシャワに残ろうと心に決めた。スタレミャストであれこれ聞き回り、大学に行って男女をとわず学生たちと知り合いになって、知りたいと思った情報を入手した。ワルシャワのその一角は、第二次世界大戦で平地にされ、一九四五年以後に、残された図面や古い建築家たちの作った見取り図、あるいは町のパノラマを印刷した新聞や、場合によっては個人の記憶をもとに再建された部分だった。ワルシャワの旧市街は全部、住民たちの記憶の力を合わせて建てられたもので、住人たちは、階段や入り口の木枠、工房の名前から家やバルコニー、舗道まであらゆるものを忘却から引き出してきたのだった。スターシャは徹底的に調べようと心に決め、通りの角にある家の由来を調べはじめた。これには時間がかかった。雲のかかった空には、なかなか朝は訪れないものだ。まずは、ポーランドにいる知り合いのリストから始め、休暇になると必ずワルシャワを訪れては自分でも探究した。そしてついに、ワルシャワの街角にある家の秘密が明らかになった。

問題の家は、ある一人の人物の記憶によって建てられたものだった。その人物は、桁はずれの記憶力の持ち主で、壁の色も絵も、再現されてもとどおりの場所に作られたのだった。彼の名はヴワディスワフ・ドンブロヴィチと言って、まだ生きていた。その人物の名前を知った時、スターシャは興奮で身震いし、櫛の歯を一本ずつ抜きながらその名を心の中で繰り返し唱えた。ワルシャワの上空の星の一つ一つがそれぞれのやり方でパチパチと弾けるように音を立て、そのせいで彼女はめまいがし、心を落ち着かせるために、思わず長い自分の髪を噛んだほどだった。美しい夜明けはいつも訪れ、どの朝もそれぞれの味わいがあったけれど、どれも彼女のためではなく、誰か別の人のためのものだった。けれども今は、この世に誰か、彼女の思い出を持っている人がいる。ただ、ヴワディスワフ・ドンブロヴィチ氏の思い出は、彼女のそれと左右が反対だった。彼の名前が電話帳に載っていたので、スターシャは彼に電話をした。相手はしばらく黙っていたが、それから、礼儀正しく、会うことを承諾し、例の角にある家で会うことにした。

そうか、彼は何もかも反対に見ている。右から左に考えているんだわ！——スターシャは叫ぶと、どこをどう通ったか、例の通りの角にある家へと一目散に走って行って、子犬を抱いた婦人の銅版画を覗き込んだ。絵には譜面帳が描かれていた。そこに記されたメロディーを彼女は、ここワルシャワで、父も彼女自身もベオグラードではどうしても読み解けなかった譜面から読みとることができた。

ことはいとも簡単だった。画家は楽譜を右端から左へと向かって描いていたのだ。ヴワディスワフ・ドンブロヴィチはなにもかもをひっくり返して反対に見ていたので、譜面もここワルシャワでは簡単に読めたのだ。

それは、ショパンのポロネーズの一作で、それを口笛でなぞって演奏し終えると、ふいに、彼女は、見知らぬ町で一人ぼっちでいる自分に気がついた。奇妙な建物の前に立っていて、その家には、郵便箱の形をした変な窓があり、けばけばしい色に塗られた部屋と、切り傷だらけの木工品と、氷のように冷たい、いびつな石の階段が四段あった。

――私は一体ここで何を探していたの？――彼女は自分に問いかけ、あたりを見回した。彼女の背後に、痩せた身なりのいい男性が立っていた。

――私がドンブロヴィチです――手を差し出しながら彼は言った。

――とんだ骨折れ損のくたびれ儲けだったわ！――あっけに取られている男にむかって噛みつくように言うと、彼女は、ベオグラードに帰るために、鉄道の駅のほうへと走り出した。

（Варшавски угао / Varšavski ugao）

ビザンツ皇帝アンドレニコス二世パレオロガスの娘婿だったセルビアのステファン・ウロシ二世、またの名は聖ミルティィンが、その四〇年の治世の間（一二八一―一三二一）に四〇の教会を建立したことは、多くの証拠によって示されている。つまり王は、年ごとに教会を一つ建設したのである。そのうちの一つは一二九九年に建てられたもので、この年には、ミルティィンとの戦争に大敗したパレオロガスがセルビアと和を結び、政略結婚で親戚になろうと決意して、当時五歳だったパレオロガスの姫君シモニダをミルティィンに嫁がせている。ミルティィンの伝記作家だった詩人のダニロ・ペチキが一三三二年に記しているように、セルビア王ミルティィンはこの時、「コンスタンティノープルのプロドルムという場所に、それは立派な教会を建てた。その教会は、洗礼者ヨハネに捧げられ、周囲にはいくつもの豪華な官邸と、異国の客を泊める宿泊所、つまりは病院が造られたのである」。ミルティン王はそのプロドロム修道院に、安泰な暮らしを約束して名だたる医師たちを集め、そこでは怪我の治療だけでなく、目の病気も治した。一三一五年には、後にミルティンの王位継承者となるステファン・デチャンスキも治療を受けた（その後、ステファンはパントクラトル修道院に移ったのだが）。彼は、父王の失墜を狙って失敗し、罰として盲目にされ、帝都へと追放されて来たのだった。

かくして、プロドロム修道院の眼科は、その治療で高くきこえた医院となった。

一三四五年六月一一日、ビザンチウムの大司令官アレクシオス・アポカウコスが、敵対者たちを捕えて収容していた監獄へと視察に来て、殺された。これ以後、一三四一年からすでに始まっていた内戦は拡大し、帝都にまで及んでいった。

セルジュク人たちが都を略奪し、町には飢餓が蔓延した。その時、町中《まちなか》に放り出されて死にかけていた多くの子供の中に、生後一〇ヶ月ほどの男の子がいた。子供はプロドロム修道院に預けられ、修道士たちはその子に、噛んで柔らかくしたパンとぶどう酒を与え、日曜と祭日には洗礼者ヨハネの教会の祭壇の下の、「乳を授ける聖母」の聖像画のところに連れて行って、そこで、乳が余っている旅の女や物乞い女たちに授乳してほしいと頼んだ。けれども子供はなかなか成長しなかった。不眠症になっていて、というか、眠ったかと思うとすぐ目を覚ましてしまうからだった。そこで病院に入れられることになったが、そこでも少しもよくならなかった。

ちょうど時は、説教者グリゴリオス・パラマスが、タボル山の光についての自説のために罰せられて、帝都の牢獄に入れられていた時期だった。アトス山から、シナイ半島出身のギリシャ人修道士がひそかに帝都にやってきた。修道士は、ビザンチンの役人の目を逃れようと、プロドロム修道院に身を隠した。そして修道院の修道士たちに、祈りのとき、身動きしない姿勢を取ったままで、自分に髪の毛があるかどうか、とか、服を着ているか、あるいはそれがどんな色や形や長さなのか、などということをすっかり忘れられる方法を教えた（いつもそれは正餐のときだった）。また、いつまでも老いることのない光が現れるまで、肉体の目で精神のまんなかにある心臓つまりは魂を見ながら、精神を集中するやり方も教えた。この光は、タボル山でイエスの弟子たちの前に現れた光と同じものです、とギリシャ人修道士は請け合った。修道士たちがこのシナイ山出身のギリシャ人に、例の、死にそうな子供を見せると、彼は、この子は夢で病んでいるから治療しないといけない、と言った。その夜、彼はプロドロムの修道士たち全員に、みなさん一斉に、一つの同じ夢を見て、その夢の中でみんな同時にこの子の姿を見なくてはいけません、と告げた。ほとんどの者はうまくできなかったものの、一部の修道士たちが告げられた夢を見ることに成功し、そして子供は、翌日には元気になった。この話はたちまち噂になり、病人たちがやって来るようになった。それ以来、修道院の病院には新しい房が作られ、夢治療をするための寝台が設けられた。この慣習は一四五三年の変事が起きるまで、ずっと続いた。

この年、オスマン皇帝メフメド二世が、ボスポラス海峡のアジア側に、帝都に対峙する形で要塞を建てた。それから四月になると、スルタンの命令で、セルビアのデスポト領からボスポラスへと、一五〇〇頭の馬と、ノヴォ・ブルド近郊の鉱山技師の家から選ばれた若者たちの集団が送られた。その若い技師の中に、ノヴォ・ブルドの近くにあるオストロヴィツァ出身の若者が二人いた。一人はスタニスラヴ・スプドと言い、もう一人はコンスタンチン・ミハイロヴィチといった。延々と続いた旅のあと、メフメドの陣営に到着すると、馬はボスポラスの向こうの山へと連れ去られ、若者の一行は、オスマン兵の見張をつけられて船の中で一夜を過ごした。その船はといえば、夜の間に、人知れず帝都の岸へと漕ぎよせ、一行は城壁の下の干潟で、ここで潮干狩りをしていろといわんばかりに船から降ろされた。夜明けになると、秘かに連れてこられた技師たちがいる場所からは、ガラタと帝都の間の陸地沿いに、向こう側から、いくつもの小型のトルコ船が橋のようなものを作りながらうごめいている様子が見えた。その船団側から突然、コンスタンティノープルに向かってトルコ軍の騎馬の大軍が飛ぶように進んできた。行き合うものは誰彼かまわず切り殺し、騎馬兵たちは帝国の首都の城壁のところまで押し寄せた。戦闘に気がついた帝都では鐘が鳴り響き、反対のトルコ側の岸辺では、海から四イタリアマイル離れたところから、生い茂った森のように、帝都に向かって進撃するトルコ軍の戦艦三〇隻の帆が白く浮き上がった。密かに建造されていたそれらの船は、木製の側溝の間を通りぬけ、風をうけて次々に帆を張ると、旗を揚げ、太鼓をガンガン叩き、大砲の轟音を響かせながら進んだ。森を抜けて船を曳いて来たのは、何千という人力と雄牛、それにデスポト領から連れてこられた一五〇〇頭の馬だった。こうしてトルコ艦隊は、一気に、帝都の港の入り口を塞いでいた鎖の反対側からコンスタンティノープルの心臓部へと迫った。ガレー船の第一波が押し寄せ、まるでとどめを刺そうとするかのように、海の波を横切って帝都の海岸に到達すると、双方の兵士が衝突し、火炎が上がった。やがて鐘が鳴りやむと、トルコの騎兵たちは、抜き放ったサーベルを手にしたまま馬を止めて振り返った。そして背後にある光景——首都の要塞と城壁の上から多くの人々が見ていたのと同じ光景を、信じられないという思いで目にした。

ちょうどその時、帝都の城壁の下で火薬を詰める役をやらされていたスタニスラヴ・スプドは、一瞬、空を見上げた。満帆の追い風を受けた船が森の間を抜けて行くさまが、視力のある彼が見た最後の光景だった。火薬がドンと爆発し、スプドは目が見えなくなった。視力をなくし、血だらけになった彼を、コンスタンチンと、ノヴォ・ブルドから来たもう一人の技師が馬に乗せ、二人で挟むように支えて、まずトルコ軍、それからビザンツ軍の戦線を通り抜け、帝都に入り、プロドロム修道院へとまっしぐらに進んだ。そしてあの眼科病院で怯えきっていた修道士たちに、哀れな同国人の目を治療するようにと委託した。

スタニスラヴ・スプドは、結局、完全には治らなかった。視力は、光と色と、周囲の人影がぼんやり見える程度だった。それで修道院の病院に残り、治療の助手の仕事を覚えた。とくに夢治療をする部局で時間を過ごすのがお気に入りとなった。三〇年間の修行で彼は少しずつ、祈りの間、身動きもせずに完全に自己のことを忘れ、髪のことも服のことも忘れる術を身につけたので、時には、明るくなって見ると、頭や眉から毛髪が抜け落ちているほどだった。彼の治療の力は噂になり、キリスト教徒も、イスタンブールのイスラーム教徒の金持ちたちも、自分の身内が病になると、プロドロムの聖洗礼者ヨハネ修道院で治療を受けさせるようになった。三〇年の間、彼が治療に失敗することはなかった。

一四九八年の春、帝都にエジプトの首長が家族を伴ってやってきたが、首長の三歳の息子は、長くつらい旅の疲れから不眠症になっていた。心配した父親は家臣をプロドロムに送り、もし治すことができれば莫大な褒賞を与えるが、治せなければ命はないと思うように、と威嚇した。

スプドは修道院の房に閉じこもって、長年にわたって集め、大きな本に記録してきた夢のコレクションを調べ、一番よい治療方法を探し始めた。首長の脅しがなければ、医者はたぶん、たやすく処方を決められただろう。けれどもスプドは何一つ見逃してはならないとばかりに、どんな細かいことにも注意を払った。ある一つのことを彼はひどく心配していた。それは、託された病気の子供ではなく、自分の歳だった。彼はもう九〇歳に近く、彼と子供の歳の差はあまりにも大きかった。この歳の差になにか危険が潜んでいて、子供に彼自身の夢を見させるという顕現あらたかな治療を施す妨げになるのではないか、という気がした。彼が念入りに選んだ夢は二つあった。一つはまだ若い頃、半分兵士で半分奴隷のようにしてトルコ軍に従軍していた時代に記録したもので、彼のお気に入りの一つだった。これは、もともと彼の部隊にいたトルコ兵が見た夢だった。

もう一つは、彼自身がよく見た夢だった。自分では、どうしてその夢に行きあたったのかわからなかったのだが。じっさいスプド自身は気づいていなかったのだが、彼と食事を共にしていた修道士たちがよく、彼が食事中に寝てしまうことがあると言うのだった。最初にそれが起きたとき、彼は大きな杯を両手に持っていて、その杯からは、底に固定された小さな銀製の鹿が角を突き出していた。医者はちょうど音頭をとって乾杯しようとした瞬間に目を閉じてしまい、杯をテーブルの上に落としてしまった。けれども中身はこぼれず、彼はそのまま数秒の間、目を閉じて、杯がストンと着地した食卓の上に両手を広げたままだった。それからパッと目を開けた。修道士たちは彼を取り囲み、一体どうしたのですかと尋ねた。彼は、夢を見まして、と言った。海の夢で、海は荒れており、嵐の中に船が一艘、大波がその船と船乗りたちを呑み込もうとしていました。私は杯を離してテーブルに落とし、かわりに夢の中に両手を広げて船を抱きとめ、嵐から救ったのです、と。

こちらの夢のほうが効くだろう、と医者は考えた。これはちょうど、今病気でいる子供と同じ年頃に見た夢だったからだ。同時にこの治療で一番難しいと思われたのは、彼自身の年齢から三歳の子供に到達できるかどうかということだった。それで医師は、遠く離れた二つの世代の間の時間の距離を乗り越え、自分の夢を遠い未来へと向けることに自らの技を集中した。

——なるべく長い飛距離が必要だ、できる限りの。これが基本だ——彼は、かつて兵士だった頃の若い声で呟いた。そして二人の歳の間を繋ぐ者を使うことにした。

病気の子供には一〇歳の兄がいた。この子に医者は銀の鹿が角を突き出した杯を送り、首長には、同じ日の夜、上のご子息がボスポラスを見渡すテラスに出て、ワインの入った杯をかかげ、病気の弟君のことを思いながら飲むようにしていただきたい、と伝えた。そして彼はこのとき同時に、船を救う夢を病気の息子に伝えようとした。

翌日の朝早く、スプドが暮らしているプロドロム修道院の僧房に、首長の従者二人が入ってきた。彼らは、絹の布巾で目隠しされた雌馬に鞍を置いて引いてきた。そして、首長が治療に感謝していると言って金貨を渡し、彼を馬に乗せて修道院から連れ出した。海へと通じる道まで連れて行くと、そこで目の見えない老人を二人の間に挟んだまま、馬に鞭をくれて、海のほうへと、できるだけ早いだく足で走らせた。海に向かってせり上がる岩山の端まで来ると、従者たちが乗っている目隠しされていない馬は立ち止まり、けれども医者を乗せて目隠しされた馬は、もう一度鞭をくらって、そのまま乗り手もろとも海の中へと飛び込んだ。海の波に触れる瞬間、スタニスラヴ・スプドはまた目が見えるようになった。

子供の治療はどうやら、うまくいかなかったようだった。

＊

一九六七年の六月、イスラエル—エジプト紛争の戦地から定期的にニュースを送っていたパリのル・モンドの特派員が、自身のレポートの中から以下の詳細を紛争地から送った。エジプト空軍が活動していた最後の日、スエズに展開中だったイスラエル軍の捕虜の中に、エジプトのアレクサンドリア出身の者が一人いた。暑さの厳しい日、彼は捕虜になった部隊の中で、エジプト空軍の絶え間ない空襲に晒《さら》されながら、水もない砂の上に横になっていた。夕方になって誰かが水筒を差し出したので、わずかに唇に水分を感じた。けれども彼は水筒を手から落とし、数秒の間、目を閉じて空に向かって手を差し述べたまま身動きもせずにいた。イスラエル兵たちは、水筒の中身がワインだったので彼が飲もうとしなかったのだと思った。イスラームの信徒は、飲酒を禁じられているからだ。若者はしかし、目を覚ますと、実はエジプト空軍に弟がいまして、と言い出した。水筒を差し出してもらった瞬間、眠りに落ちてしまい、夢でエジプト機が撃たれて墜落するのを見たんです。それで水筒を放して手を広げ、飛行機を受け止めたんです。

つまりプロドロムの医師の治療は、うまくいきすぎたのだ。これを書きながら作者は、スタニスラヴ・スプドのようにやりすぎないように気をつけねば、と思う。

（Сувише добро урађен посао / Suviše dobro urađen posao）

聖マルコ広場の馬
もしくはトロイアの物語

おーい！……森の中のリスは、クルミを齧《かじ》っている時いつも、いると思うところより倍遠いところにいる。人は寝ている時いつも、現世の歳より倍若い歳でいられる。ちょうど、あの頭のネジのゆるんだ女が私に授乳しながら居眠りして、自分が母親から母乳をもらっている夢を見たように。女は、牝馬たちが風で種付けされるようにと牧草地に放たれ、そしてその日に生まれた子供のせいで町が燃える夢を見て、恐ろしさに目を覚ました。その時、わがトロイアの町全体はまだ、船上にあった。雄牛と牝馬の群れを引き連れてキプロスを出港し、「メス」であるあらゆる生き物の乳を搾りながら航行したのだが、アジアまでは到達していなかった。途中で凪にあって、船団はしおれた帆のかたまりとなってもう三週間が経っていた。

　われらトロイア人は、夕闇を目でこねて晩ご飯にした。「誰か、不浄で罪深い者が船に乗っている」――トロイア人の中ではこんな噂が出ていた。母が自分の見た夢の話をすると、誰もがその日、帆手が牝馬どもを連れ出して、ギリシャから吹いてくる風で仔馬が授かるようにと船の向きをずらしたことを思い出した。といっても、馬たちはといえば、帆に向かって放屁しただけだったのだが。その時皆が、この日に生まれた子供は、生まれた場所つまりは海の上から動けない罪人で、その子のせいで、予言によれば、町全体が燃えることになる悪人である、と確信した。船は、火薬とホカホカの湯気がたっている土を満載していて、火災を恐れたトロイア人たちは、その日に生まれた子供を海に放り出した。けれども、船はひたとも動かなかった。その時になって人々は、同じ日に、少し遅れてこの私もまた生まれていたことを思い出し、ある船乗りに、私も海に放り出せと言いつけた。けれども船乗りは、銀貨を袖の下に渡されて、夜になるとこっそり私にヤギを一頭つけて小舟に乗せ、ヤギには食べ物を結びつけて、イーダー山へと続く海岸に放り出した。私が船から引き離されるとすぐに、風が吹いて船団は列をなして動きはじめ、アジアの新しい岸辺へと向かった。そして私のほうはヤギに乳をもらい、ヤギは私のすぐそばで用足しをしながら、私を陸地の上へと運んで行った。そこでは別のヤギの群れが待ち構えていて、一人の浮浪者が私を見つけた。浮浪者は、顎髭が生えるのを止めることができ、復活祭の卵の色塗りを暮らしの糧として、ガチョウの体一面に羽をきれいに描いてやるような者の一人だった。彼は、私を羊飼いたちに引き渡し、そこで私はパリス・「羊飼いの子《パスティレヴィチ》」・アレクサンダルという名をつけられた。かくして私は羊飼いたちの間で育ち、その業を極めたので、サソリも飼い慣らし、声の届く限りまで石を投げることができるようになった。美男子に育ったので、女性陣や女神たちだけでなく、牝ヤギの間でも大変な人気者となり、まずはじめに、連れ合いのヤギをなくした寡夫になった。もしもある時、闘牛に出すためにこっそり牛たちをトロイアへと連れて行かなければ、自分の出自について知ることもなかっただろう。そこで偶然に、私は自分の家族に出会ったのだった。

海辺で、二人の大理石細工師、というか、哀れな悪魔が、町を建てていた。町の城壁が高くなればなるほど、二人は流れる汗に埋もれていくようだった。一人はペブシュという石切大工で、石を切り出しては加工し、陸地のほうに自分勝手に並べる役、もう一人はネプトヌシュという名の海の悪魔で、海に命令を下す係だった。ネプトヌシュが海から泥を採掘し、二人して水上に、気の向くままに町を建てていた。

これが、あの町だ――私は思った――私のせいで燃え上がると予言された町だ。

こうしてトロイアは、陸でも波の上でもないところ、半分は海水の上、半分は焼き大理石の上に立てられ、その中に私の家族は住み、その人数は増えていった。陸のほうで生まれた私の兄はイェレンという名で、これはその兄の話、そして私についての真実の話だ。つまりは以下のとおり――

＊

父は、クロスボウを持っていた。矢はいつも的を外したが、弓が美しく長い響きをたてるので、父はクロスボウを手放さなかった。獲物に的を定めるかわりに、父はいつも、弓を引きながら腕を必要以上に長くそらして構えた。それでも、そのまま矢を的に向けて放てば獲物は射たれただろうが、彼はさらに優美な弓の音を響かせたので、森中の、はるか遠くまで聞こえるありさまだった。

――聞こえるか？　またプリアムジュが腹を空《す》かして、狩をしているぞ――兄はプリアムジェヴィチというあだなを、馬の扱いに長《た》け「プリアモ（買収）」も得意だった父から貰っていた。イエレンという名前は、母が改悛からつけたものだ。母は鹿肉を食べて兄をみごもり、その鹿肉は父が、残念ながらよからぬやり方でしとめたものだったからだ。

一晩中父は、野生の動物を追いかけていたが、一つの獲物も仕留めることができなかった。クロスボウが夜の湿った空気の中で弓の音をたてたので、獣たちは散り散りになっていた。そのとき父は、兄がその名をもらうことになる鹿《イエレン》を見つけた。とはいえ鹿の居場所は、矢が及ぶ距離ではない。それでプリアムジュは、十字架を切ると、必ず射止められるようにと、祈りの力で鹿をその場に釘付けにした。鹿をじっと見ながら、父はこう話しかけた――

俺の父と母は、俺を置き去りにした。耳の中は冬、体は痛いし、老いは近い。周りは不幸なことばかり、仕事は辛いがこの労苦は誰の利にもならない。友は俺を裏切り、教会には神父もいない。素晴らしいものはみな消え失せて、悪だけがあらわになる。暗がりの中を航行するも、停泊所はどこにも見えない。間違った方向に漕いでいるのか？　ズボンを緩めるところまではできても、襟がちくちくして仕方ない。イエス・キリストはお眠りになってしまった。さあ、次は何だ？　災厄からの救済は死しかないが、とはいえこっち側から見る限り、あの世もまた怖しそうだ……

鹿はその言葉に父のほうへ近づき、祈りの罠に捕えられて、魂につかまった肉体のように、ただ待った。その鹿を父は射殺し、母と一緒に肉を食べて、それから二人はまだ暖かい鹿の生皮の上で寝た。そして母は兄を身ごもった。こういう次第で、改悛の思いから、母は子供を鹿《イェレン》と名付けたわけだった。

成長した兄は、誰が見ても、私のような美男子にも、精力があって力強い男にも、なりようがなかった。子供のときに、蛇が目と耳の上を這いまわったために、兄は病弱になった。つまりは聖神病にとりつかれ、予知する力をもつようになり、皆は、この子は未来を予言するだろうと言いだした。話す時、彼は、えっと、とか、ていうか、とかいった意味のないひとり相槌を打ちながら、プラムの種を歯の間に挟んだような奇妙なしゃべり方で話し、それはまるで小鳥が直立二足歩行をしているようだった。けれどもこんなふうに哀れで、毛皮の腰巻きをつけ、いつも昨日のカニの残照に絞め殺されたような彼が、まれに太陽が沈んだあと、窓か戸口のところに立つと、急に本物の小鳥のように、深く柔らかい声で歌い出すのだった。それは鎖から放たれた犬さながらに、明日の日に向かって軽々と、遠くへ飛翔していった。彼の目が修道院の上に落ち、明日という日に頂を突っ込んだ木々を見下ろすのを目《ま》の当たりにすると、両親は、兄の世話を修道士たちに頼むことにした。

修道院に入ると、彼はすぐに、これが先生だと、頭がからっぽの修道士を二人紹介された。一人はいつもダンマリを決めこみ、もう一人はベラベラ喋り通しで、まるで二人の歯肉はまったく別々の肉でできているようだった。彼らは忍耐のなさと憎しみの罪で罰を受け、同じ僧房に入れられて、妙な相棒となっていた。膝をくっつけあって互いの腕を十字に組んで祈ったので、かれらの二つの肘と手のひらは互いにくっついていた。二人とも、普通なら恋人同士がぶらさげて、互いを呼び合うために使う石を首からぶら下げていた。石の中は空洞になっていて、糸を通して回すと、かすかなうなりを上げ、けれどもそれは遠く離れていても聞こえるのだった。こうして、お互いに、相手が目の届かないところにいる間にとんでもないことをしでかさないかと戦々恐々としていた二人は、いつも、相手がどこにいるかわかるようにしていたのだ。彼らはイェレンにすぐに、二つのことを言い聞かせた。

——まずはだ、夢の中では、人は現世より倍若いが、けれども思い出と涙は、現世では私たちより倍も歳とっているものだ。感覚は——と二人は彼に畳みかけた——ただ体を通して出ていくのであって、体の中で終わるわけじゃない。ある感覚は、泥みたいに黒く、大地から出てきて過去から明日の太陽へと這いずっていく。なにかの植物みたいにな。別の感覚はきれいで透明なあかりから出て大地に降りてきて、過去を振り返る。いっぽうはブヒブヒと豚みたいに鳴いて上り坂と苦役にうめき、もう一方は静けさが頂点に達したときに降りてくる。それは自分の仕事を、苦もなく大騒ぎもなくやりおおせたという合図なんだ。昇るものの目的はきれいにすることで、降りるものの目的は汚点をつけないこと。イェレン・プリアムジェヴィチ、お前は自分の感覚が八の字を描く路の上にいるのだよ。

そしてもう一つ。もし自分の美徳を守りたければ、喉の渇きを制しなくてはならない。つまり——と二人のうつろ頭は、言い聞かせた——この修道院に来てからのおまえの問題は、喉の渇きをいやすのにふつうの水ではダメで、特別な川の水が必要だということだ。その水は、イーダー山の近くを流れていて、そこには喉を乾かした動物たちが夕方になると集まってくる。けれども水が苦いので、家畜も野生の獣たちも、岸辺で止まって、一角獣が飲みに来るのを待つ。一角獣がやってきて水を飲もうと身をかがめ、角を水面の波につけると、水が掻き回されて、角が水に浸っている限りは水の苦さがなくなる。一角獣が渇きを満たして角を引き上げるまでのほんの短い時間、水の飲めるその間だけ、お前イェレン・プリアムジェヴィチも動物たちも、水を飲めるというわけだ。一角獣が角を引き上げると、すぐまた水は苦くなる。水を飲めるその短い時間に、お前のすべきことがある——こう修道士たちは兄に言って聞かせた——水飲みを我慢するんだ。どうしてかといえば、だ。一角獣が水を飲むために角で水を掻きまぜている間、一角獣の目はいつもよりさらに澄んでくる。そういう時、つまり水がきれいで甘い間、そしてそういった場所で、もしおまえが自分の渇きをいやすのに夢中になったりしていなければ、おまえは自分の死を、掌《てのひら》に乗せるように、きれいにはっきり見ることができるからだ。ただその時には、水の底に映る顔に気をつけないといけない。水に映る出来事は、その顔によって違った意味を持つようになるのだから。もし男なら、見えて予告されるものは、太陽星座の空間に関係し、もし女なら予告された出来事は西の、夜と月星座の空間に関することになるだろう。つまり、もし町が燃えるのが見えたら、そして水底に女の顔を見たら、町は西にあるということだ。そうでなければ、反対だな。

最後に、と、このでまかせ説教師たちは言った――お前に馬というものを見せてやろう、一角獣がどんな姿をしているか、お前にわかるように。長い旅になるが、ほかのことが全部わかったら、お前をその旅に連れていってやろう。

こうして兄は、学び始めた。それは長く続いた。一番辛かったのは、死なずに渇きに慣れることだった。そしてすべて準備完了と思った時、修道士たちは支度を始めた。輪っかになったチーズに赤パプリカを突き刺し、チーズにはロウを注ぎ、これを草でいぶして、出発した。猿を連れた二人の怖気づいた勇者といった風情の一行は、「狐の輪」を自分たちの周りに描き、舌に十字架を載せて、これで安全とばかりに船の上で眠りながら、アジアの海岸沿いに帝都へと到達した。

彼らは魚を食べようとはしなかった。魚は背（Rの音）のある月だけに食べるものと思っていたからだ。お金は、出航する時に出会った浮浪者に渡してしまっていた。浮浪者は、帝都のどこに埋蔵金があるか、こっそり教えてあげますよと騙《だま》したのだった。金の入った袋を受け取ると、浮浪者は、五大陸ごとに一箇所、埋蔵金がありましてね、と囁《ささや》いて行方をくらましてしまった。そのために彼らは大いそぎで用事をすませ、すぐ戻らなくてはならなかった。中央広場に行くと、アレクサンドロス大王の時代に鋳造された四頭の馬をイェレンに見せた。四頭の中にイェレンはすぐ、一角獣を見つけた。ただこちらの馬の額には、どんなツノも生えてはいなかったのだが。そこで修道士たちは言った。

——よく馬を見ろ。今は静かにしているけれど、馬が動くたびにどこかの帝国が滅びるんだ。

＊

帰るとすぐ、兄は川の岸辺に連れて行かれた。そして、動物の合唱団の中にまじった獣のように、大海と大海の間の、意地わるく濁って飲めない水に聞き耳を立てて匂いを嗅ぐようにと言われた。そして一角獣をそっと待って、自分の渇きを克服するように、と。こうして彼は、喉の詰まりによって、ゆっくりと体内の鹿を葬っていった。とはいえ、人が天使の到来のときを知らないように、兄はいつ一角獣が到来するかを予知できなかった。一角獣は何度もやってきたのだが、兄は渇きも夢もどうにもできず、一角獣が目で水を浄化する瞬間をとらえることもできず、いつまでも、自分の病いを通して未来を見ることができなかった。けれどもあるとき、全てがうまくいくようになった。そしてこの、頭の軸のずれた小心者の前に、見果てる限りのあらゆる無意味なことがはっきりと現れ、群衆の大笑いのように彼の全身を満たした。大波のごとく打ち寄せる日々を通して、彼はますます遠くを見通すようになり、しじゅう私たちに、何が見えたかを話すようになった。

ある時には、早まって日曜に生えてしまった自分の土曜日用の顎髭を見たために、髭をつかんで梳かすチャンスを逸してしまった。彼の前には大陸が開け、まだ生えていない植生が耳の中でざわめきをあげ、石の味が舌の上で溶けて広がった。日の照る歳月を数えながら、彼は、イヴとアダムの炎のリンゴがわが町トロイアにやって来るのを見た。それにまた、自分の兄弟である私、パリス・パスティレヴィチ・アレクサンダルが、帽子に羊飼の杖を差し、靴を履き替えてスパルタに行き、ワインに浸した指でテーブルの上に、美しい異国の女性イェレナへの愛の告白を書くのを見た。そして、私がその女性を、羊を盗むように盗み出し、トロイアに連れてきたこと、その時からトロイアは炎のリンゴの持ち主となり、そのあと、灰と化すまで燃え尽きたことも。さらに遠く、深く、兄イェレン・プリアムジェヴィチは、あらゆる茶番劇を見て、とどまることを知らず、まるで裏返しにした靴下のように、自分の目が消えてなくなる時の深みまで、目によって沈み続けた。ずっと立っているのが一番辛いことだとヤシの木から教わったのに、自分の耳の間に立ち続け、未来を見つづけて、十字軍の騎士たちが一二〇四年にヴェネツィアのガレー船に四頭の馬を積み、帝都に向かうのも見た。怖気づいたパレオロゴス帝の家臣たちと、ドロにまみれたスラヴ人が帝都の門のところで槍を突き合わせ、一つの帝国が滅びるのも見た。ローマがコンスタンティノープルに移り、そこからモスクワに引っ越すのも見た。コスマ・インディコプロヴの船とコロンブスの船が新大陸の岸辺にいるのも、ウィーンに迫るトルコ人も、冬のナポレオンも、馬肉をいっぱいに詰んだガレー船がベラルーシに到着するのも。瘋癲《ふうてん》行者の我が兄イェレン・プリアムジェヴィチは、トロイアの城壁の上からロシアの一〇月の赤い血を、さらにはブリッツ・クリークと、ヤルタの四人組、そして一九四八年のスターリンを、すべて見た。自分の罪の霧を追い払いながら、イェルサレムと嘆きの壁も見て、石油が東へと流れていくさまも見た。ソビエト＝ロシア人のいる宇宙の月にアングロサクソン人が立つのも。またさらに、預言者の目の泉から、なにやかやと汲み続け、そしてついに、その泉の底にイタリアの日刊紙 Corriere della sera の一九七五年三月二一日号を見つけ、自分の襟首に息を吹き掛けながら、読んだ――

――ヴェネツィアの聖マルコ広場を何世紀も飾ってきた四頭のブロンズの馬の一頭が一昨日、土台から撤去された。青銅の癌にかかったためだ。二三世紀もの間、これらの馬は海風と雨から身を防御してきたが、現代の汚染された空気の破壊的な影響には勝てなかった。馬は、ふだんは人が自分たちの技術革新のために支払う額に匹敵する代価を払うことになった、というのもこれらの美しい記念物の体に、破壊的な力をもつ粒子が取り返しのつかない損害を与えていたからだった。馬の一頭を土台から取り除くことは、多くのヴェネツィア人にことわざを思い出させた――聖マルコ広場の馬が動く時、どちらか一方の帝国が滅びる――さて、こんどはどちらの番だ？

兄にとってこの問いに答えるには、もう一つ解くべき問題があった――水の中の顔は男だったか、女だったか。西と東のどちらが滅びるのか？

一角獣が大波を浄化している場所で、彼が水底に見たのは、あなたの顔だ。この行を読み、居心地のいいソファか肘掛け椅子で、自分は安全でこのゲームには関係ないと思っているあなた。

さて、この一連のまやかしと絵空事にうんざりした私は、帽子に羊飼の杖を突き刺して靴下を裏返し、スパルタに行って、ワインにひたした指でテーブルに、美しい女性イェレナ・ワシレウスに愛のメッセージを書くことにした。
一度見られたものは、始まるように！

(Коњи светога Марка или роман о Троји / Konji svetoga Marka ili roman o Troji)

十六の夢の物語　解説

一．パヴィッチとその作品

本書は、ミロラド・パヴィッチ（一九二九－二〇〇九）の短編一六点を収録したアンソロジーである。パヴィッチといえば、奇想天外な事典形式の小説『ハザール事典』（一九八四、邦訳は工藤幸雄訳が東京創元社より刊行）で広くその名を知られている。パヴィッチの作品や履歴については、すでに日本でも紹介されているが、ここであらためて簡単に、作家と代表作について述べておこう。

ミロラド・パヴィッチは、一九二九年セルビアのベオグラードに生まれ、二〇〇九年同地で他界した。作家本人が、かつて自分のホームページで「(『ハザール事典』までは）セルビアでもっとも読まれない作家、それ以後はもっとも愛読される作家になった」と冗談めかして書いていたように、代表作の『ハザール事典』が発表されるまでのパヴィッチは、作家としてはさほど知られた存在ではなかった。

じっさい、たとえば一九七七年に、ドイツの学術誌『東ヨーロッパ』に掲載された「ユーゴスラヴィア現代文学」という論文では、一九六一年にノーベル文学賞を受賞したイヴォ・アンドリッチ（一八九二–一九七五）や、『修道師と死』の作者メシャ・セリモヴィッチ（一九一〇–一九八二、『修道師と死』は三谷恵子訳で松籟社より刊行）、『ロバに乗った英雄』や『赤いおんどり』のミオドラグ・ブラトヴィッチ（一九三〇–一九九一）、そして『砂時計』、『死者の百科事典』などで有名なダニロ・キシュ（一九三五–一九八六、『砂時計』は奥彩子訳で松籟社より、『死者の百科事典』は山崎佳代子訳で創元ライブラリとして刊行）などが挙げられているが、パヴィッチの名は見られない。

このように、作家としては遅咲きだったパヴィッチだが、『ハザール事典』より前の彼は、ほんらいの専門である文学史家として『セルビア文学史　バロック時代（一七–一八世紀）』（一九七〇、全五二七頁）、『セルビア文学史　古典主義・前ロマン主義』（一九七九、五七二頁）、これら二作を書き改めた『新しいセルビア文学の誕生　バロック・古典・前ロマン主義のセルビア文学史』（一九八三、六三一頁）など、いずれも五〇〇～六〇〇ページといった大部の著を上梓している。また一九八八年にまとめて出版された『中世セルビア文学 全二四巻』では、編集者として企画に参与した。こうした中世から近代にいたるまでの文学的知識が、さまざまな古典・中世文学に着想を得ながらこれを空想世界の物語へと展開させるパヴィッチの作品の根底にあったといえるだろう。

『ハザール事典』では、一〇世紀に忽然と地上から消えた王国ハザールが題材となった。この歴史的ミステリーから作家は、「一六九一年にポーランドの印刷業者ヨハネス・ダウプマンヌスによって作られた『ハザールのレキシコン』の、最新の資料を加えた改訂第二版」というありえない事典を作り、一〇世紀から現代までの、実在あるいは架空の人物を登場させた。しかも事典という、いわば始まりも終わりもない書物の形をとることで、読む順序を読者に委ね、さらに男性版と女性版の二通りの版を作って、どちらを手にするかで読書という行為そのものを変えるというおまけもつけた。

さまざまな仕掛けをもった作品はその後も続き、『お茶で描かれた風景画』（一九八八）は「クロスワードパズル愛好家のための小説」という副題がついて、物語第二部の冒頭にクロスワードパズルが示されている。ここで、読者は話の続きをクロスワードのタテのマスの順に読むか、ヨコのマスの順に読むかを選ぶことになる。また『風の裏側　ヘーローとレアンドロスの物語』（一九九一、邦訳は青木純子訳が東京創元社より刊行）は、本の扉の両端から始まって本の真ん中で出会う二つの物語からなる作品で、そのため本には表紙が二つあるが、裏表紙がない。『文具箱』（一九九九）では、いろいろな筆記用具をしまうための箱が主人公となり、箱の中の小さな仕切りから次々に小さな文具――実際には物語――が出てきて話が展開する。ただしこれには二つの結末があり、そのうち一つは本に印刷され、もう一つはインターネットのホームページに掲載されるという形になっていた。そして『帝都最後の恋』（一九九四、邦訳は三谷惠子訳が松籟社より刊行）はタロット占い仕立ての物語で、巻末に付録としてつけられたタロットカードで占いをしてカードの出てくる順に章を並べ替えてもいいという、読者サービスが含まれている。いずれも、「読書の線状性」を覆したいという作家の、さまざまな形をとった挑戦だった。

本書は、主に一九七〇年代に発表された短編を集めたアンソロジーなので、後年のパヴィッチの作品にあるような特別な仕掛けはない。けれども本書を一読してくだされば、時空を自在に超えて架空の夢物語を作り出すパヴィッチの作風が、『ハザール事典』よりずっと前に用意されていたことはお分かりいただけるのではないかと思う。

二．パヴィッチの時代のユーゴスラヴィア文学

パヴィッチが生まれたその年、彼の祖国はセルビア人・クロアチア人・スロヴェニア人の王国からユーゴスラヴィア王国へと名を変えた。そしてこの名前をもった国家が消滅するのを見届けてパヴィッチはこの世を去った。彼が作家として活動したのは、おもに、ユーゴスラヴィアが戦後の復興とわずかばかりの平穏を享受していた時代だった。パヴィッチはつまり、セルビアの作家であると同時に、多民族国家ユーゴスラヴィアの作家でもあったのだった。

ユーゴスラヴィアの作家といえばイヴォ・アンドリッチが筆頭に上がる。アンドリッチの主要作のほとんどが一九四〇年代までに書かれたもので、最高作とも評される『ドリナの橋』は第二次世界大戦中に書かれた。アンドリッチは旧体制のエリートだったが、共産主義国家として再生した第二次世界大戦後のユーゴスラヴィアでも作家として生き残り、そればかりか、『ドリナの橋』など、終戦後すぐに発表した作品によってさらなる尊敬を集めた。同じように、アンドリッチと同世代だった作家たち——クロアチアのミロスラヴ・クルレジャ（一八九三–一九八一）や、ヴォイヴォディナ出身の詩人ヴェリコ・ペトロヴィチ（一八八四–一九六七）など、戦前から活動していた作家たちも戦後ユーゴの文壇を率いる存在となった。ソ連をはじめ、それに倣った共産主義国家では、国の文化政策として社会主義リアリズム

芸術が公的に奨励されたことはよく知られている。ユーゴスラヴィアでも、第二次大戦の終結直後には、社会主義リアリズムを賛美する陣営が現れ、反ファシスト戦争を戦ったパルチザンを描いた作品も書かれた。けれども、一九四八年にティトーがスターリンと決別して独自の社会主義路線をとったことに連動して、ソ連式の社会主義リアリズムを否定する傾向が強まった。一九五二年の第三回作家会議でユーゴスラヴィアの知的エリートの代表格であったクルレジャが、ソ連のジダーノフ主義を批判し、創作の自由は社会主義思想と共存しうるとして、芸術の表現の自由を主張したことが、この潮流を決定づけたともいえる。クルレジャの主張が広く支持されたことで、ユーゴスラヴィアでは形式に制約されない芸術が育成された。一九五〇年代後半から六〇年代になると、次第に大衆文化が広がり、憲法改正によって検閲も緩くなって、映画や音楽などの娯楽が生活の中に浸透する時代となる。

さらに時代が下ると、アンドリッチのような古典的作品を土壌にしながら、より多様な形式を追求する作品が現れた。意識の流れの手法を用いて、不条理な世界の中で孤立する人間を描いたセリモヴィッチの『修道師と死』や、聖書福音書を素材にしながら風刺的内容で暗に体制を批判したボリスラヴ・ペキッチ（一九三〇―一九九二）の『奇跡の時』（一九六五）などはそれを象徴する作品といえる。七〇年代になる頃には、ユーゴスラヴィア文学の新しい顔として、ポストモダンの先駆けとなるダニロ・キシュが現れた。キシュはユダヤ人狩りの嵐が起こり始める時代に、ハンガリー系ユダヤ人の父とモンテネグロ出身の母の間に生まれ、その父をホロコーストで失うという体験をもつ。彼の作品――先に述べた『砂時計』や『死者の百科事典』、それらに先立つ『庭、灰』（一九六五、邦訳は山崎佳代子訳で河出書房新社より刊行）、『若き日の哀しみ』（一九七〇、邦訳は山崎佳代子訳で創元ライブラリとして刊行）などは、家族の喪失や複雑なアイデンティティといった内面の問題を、間接的、抽象的な文学的表現に転換する試みの数々だった。このような表現の多様性を容認する文学的空間の中に、パヴィッチの文学も現れたのである。

歴史に素材を求め、資料を駆使しつつ、そこから創作世界を作りあげるという点ではアンドリッチの系譜を受け継ぎながらも、パヴィッチは素材の使い方から創作の方向性、出来上がった作品の形式のすべてがアンドリッチとは天と地ほども異なる作家となった。とはいえ、作品の表現形式だけでなく、読みの形まで変えてしまおうという文学的創作の試みは、やはり、東西文化の混交と複雑な歴史の生み出した多彩な文化を記憶し、また大胆な文学的実験を許容するユーゴスラヴィアの風土が生み出した産物といえるかもしれない。

しかし、ユーゴスラヴィアは一九九〇年代に解体し、体制転換が内戦というもっとも暴力的な形をともなって起こった。この中で、あるいはこの結果、すべてをナショナリズムという枠に押し込めてしまおうとするさまざまな言説が現れ、ユーゴの多くの作家たちが——アンドリッチもパヴィッチも含めて——その文学的価値を矮小化され、歪んだプリズムを通して読まれるようになったのは、残念というほかない。

三．『十六の夢の物語』

パヴィッチは、上述したように、一九八〇年代までは「読まれない作家」だったが、七〇年代から文芸誌などに短編を発表している。二〇〇八年にベオグラードで刊行された『パヴィッチ全短編集』を見ると、単独で発表された短編は七〇を越える。じっさいにはここに収録されていない作品もいくつかあるので、数はもっと多いはずだ。そうした中から、一六の作品を選んで『十六の夢の物語　M・パヴィッチ幻想短編集』としたのが本アンソロジーである。作品の選択は、訳者の個人的基準（平たくいえば「好み」）によるもので、全体のタイトルは、本書の編集にあたってくださった松籟社の木村浩之さんと一緒に考えた。

ここに収めた作品の中には、数々の実在する場所が登場する。たとえば「アクセアノシラス」の舞台となるジチャ修道院は、セルビアの初代王となるステファン・ネマニッチが一三世紀の初めに建てたものので、作品に書かれている通り、じっさいにその後代々セルビア王の戴冠式が行われた。「風の番人」に登場するグラダツ修道院は、セルビアのウロシ一世の妃であったアンジュー家のヘレナが建造させたもので、ビザンツ様式の中に西洋のゴシック様式の要素が混ざった独特の建造物として知られている。また「出来すぎの仕事」のプロドロム修道院は、コンスタンティノープルに作られたセルビア人の修道院で、目の治療が行われていたことで知られている。「ドゥブロヴニクの晩餐」や「クシャミをするイコン」でふれられている聖山アトスは、ギリシャにある、東方正教会の修道院が集まった地である。ここにはセルビアの王族だったラストコ・ネマニッチ、のちの聖サヴァがセルビア修道院ヒランダルを創設し、ヒランダル修道院は、中世以後のセルビアの宗教文化の中心となった。

歴史上の人物が登場する話もある。「夢の投稿」は、ヴェネツィアのザハリヤ・オルフェリンに宛てた読者からの投稿という形をとっているが、このオルフェリンは、じっさいヴェネツィアでセルビア語の雑誌を作ろうと試みて、銅版印刷の雑誌を一巻だけ出版した一八世紀の文人だった。「裏返した手袋」で主人公となり不可思議な運命に巻き込まれるドシテイは、歴史上ではドシテイ・オブラドヴィチとして知られる人物である。ドシテイは、現在はルーマニアの一部となっているバナト地方に生まれ、修道院で教育を受けたのち、ヨーロッパ中を旅して英国で啓蒙思想に出会い、セルビアにもこれをもたらそうとした。話の中でドシテイの生徒として登場する少年アレクサは、後年、独立セルビア公国の君主となるアレクサンダル・カラジョルジェヴィチだろう。

こうした史実を素材にしてパヴィッチは空想物語を作り上げたわけだが、これらの中には時折、中世スラヴやビザンツ世界で作られた聖人伝や年代記の中の一節がさりげなく織り込まれ、ちょっとした隠し味のような役割を果たしている。たとえば――「風の番人」の中で、グラダツ修道院を襲撃しようと異教徒たちが伝書鳩の足に火矢をつけて放つ場面がある。いかにも空想作家が思いつきそうな話だが、じつはこれとよく似たエピソードを私たちは、ロシア最古の年代記である『原初年代記』の中に読むことができる――「オリガは騎士たちに鳩一羽、あるいは雀一羽を与えた。そして各々の鳩と雀に硫黄を小さな布切れに包んで糸で結びつけさせた［…］鳩と雀は自分たちの巣に飛んでいき［…］鳩舎に火がついた」（原初年代記六四五三年［九四五年］の項より）。ポロヴェツ人に夫を殺されたオリガ妃が、夫の復讐のためにポロヴェツ人の町を焼き討ちにする話の中のエピソードである。パヴィッチはおそらくここから、伝書鳩に火をつけて放つという一節のヒントを得たのだろう。同じような手法は、『ハザール事典』にもみられ、こちらでは中世スラヴの聖人伝の一節がそのまま使われている。けれどもこの「引用」に気がつく読者はほとんどいないだろう。それは、このような古文献を知っている人がほとんどいないためというよりは、この作者のマジックにかかると、千年も昔に作られた聖人伝さえもがポストモダン世界の創作に見えてしまうからだ。

じっさいのところ、歴史や古文献などは本棚にしまったまま、パヴィッチの創作の中でよみがえる過去の人々や出来事を楽しめばそれで十分なのだろうし、それこそが作家の意図だったにちがいない。

古代文献学の碩学で、同時に英国怪奇小説の旗手としても名を残したM・R・ジェイムズは、その怪奇小説集の序文で「もしもどれかの話を読んだ人が、夕暮れに寂しい道を歩む時や、夜中に消えかけた暖炉の火の前に座っている時、愉快にして不安な気持ちになることがあったら、これらを書いた目的は達せられたといえよう」と記している（南條竹則訳『消えた心臓／マグヌス伯爵』光文社古典新訳文庫、「序」より）。生前、「読書は楽しくないとね」と語っていたパヴィッチ氏もおそらくこの言葉には共感されるだろうし、訳者としてもこのジェイムズの言葉をそのまま、本書の読者に捧げたいと思う。

このアンソロジーの刊行にあたっては、コロナ禍でさまざまな困難がある中、翻訳権を取得してくださり、また訳文に細かく目を通してくださった松籟社の木村浩之さんに、心からお礼を申し上げる。

本書に訳した作品の初出はすべてが確定できないので、以下ではそれぞれの短編を最初に収録した短編集を、作品初出として挙げる。

短編集『月の石』（*Mesečev kamen*, Nolit, 1971）

　バッコスとヒョウ　Бахус и леопард / Bahus i leopard

　クシャミをするイコン　Икона која кија/Ikona koja kija

　ドゥブロヴニクの晩餐　Вечера у Дубровнику/Večera u Dubrovniku

短編集『鉄のカーテン』（*Gvozdena zavesa*, Matica srpska, 1973）

　カーテン　Завеса/Zavesa

　風の番人　Чувар ветрова/Čuvar vetrova

　出来すぎの仕事　Сувише добро урађен посао/Suviše dobro urađen posao

短編集『聖マルコ広場の馬』（*Konji svetoga Marka*, 1976）

　夢の投稿　Допис часопису који објављује снове/Dopis časopisu koji objavljuje snove

　聖マルコ広場の馬　もしくはトロイアの物語

　　Коњи светога Марка или роман о Троји/Konji svetoga Marka ili roman o Troji

短編集『ロシアン・ハウンド』（*Ruski Hrt*, 1979）

　アクセアノシラス　Аксеаносилас/Akseanosilas

　ロシアン・ハウンド　Руски хрт/Ruski hrt

　ワルシャワの街角　Варшавски угао/Varšavski ugao

短編集『新ベオグラード物語』（*Nove beogradske priče*, 1981）
　朝食　Доручак/Doručak
短編集『魂の最後の沐浴』（*Duše se kupaju poslednji put*, 1982）
　沼地　Блато/Blato
　フェルディナント皇太子、プーシキンを読む
　　Принц Фердинанд чита Пушкина/Princ Ferdinand čita Puškina
　ブルーモスク　Плава џамија/Plava džamija
短編集『ロシアン・ハウンド／新短編集』（*Ruski hrt i nove priče*, 1986）
　裏返した手袋　Изврнута рукавица/Izvrnuta rukavica

二〇二一年七月　　訳者

［訳者］

三谷　恵子（みたに・けいこ）

東京大学大学院人文科学研究科博士課程修了。

現在、東京大学大学院人文社会系研究科教授。

専攻は言語学、スラヴ語学、スラヴ言語文化論。

著書に『比較で読みとくスラヴ語のしくみ』（白水社）、『スラヴ語入門』（三省堂）、『クロアチア語ハンドブック』（大学書林）など、訳書にパヴィッチ『帝都最後の恋』、セリモヴィッチ『修道師と死』（ともに松籟社）、ドラクリッチ『バルカン・エクスプレス』（三省堂）などがある。

十六の夢の物語　M・パヴィッチ幻想短編集

2021年10月15日　初版発行　　定価はカバーに表示しています

著　者　　ミロラド・パヴィッチ
訳　者　　三谷　恵子
発行者　　相坂　一

発行所　　松籟社（しょうらいしゃ）
〒612-0801　京都市伏見区深草正覚町1-34
電話　075-531-2878　　振替　01040-3-13030
url　http://www.shoraisha.com/

印刷・製本　　亜細亜印刷株式会社
装丁　　仁木　順平
Printed in Japan

 ISBN978-4-87984-413-2 C0097